今はじめる人のための短歌入門

岡井 隆

角川文庫 17043

JN263679

はじめに

なんでも、新しいことを始めるのは、たのしいことであります。自分にとって未知の世界へ分け入って行くのには、多少の勇気もいりますが、本質的には、たのしみであるとわたしは思っています。

短歌を作るということは、ただそれだけならば、自分ひとりの行為であり、ひそかに自分の部屋の中だけですんでしまうのであります。しかし、作った短歌を、どこかへ発表するとか、友人や仲間たちのグループの中へ提出するとなりますと、自分ひとりで作っていたときとは違う状況が生まれます。

どこかの場所（新聞やテレビの歌壇など）へ投稿するとなると、当然、選者の選をうけることになります。また、その場所に平素から投稿していて、入選している人たちの作品を読み、その作品と自分の歌とを比べるということになります。

グループの歌会などに提出する場合も同じことであります。自分の作った歌は、ひとりでぽつんとあるわけではありません。つねに（その数の多少は別として）他の人の歌の中に入って存在し、お互いに比べられてしまいます。そこから、また、最初には考えもしなかった競い合うこころが生まれます。競い合うこころなどというと、なにか怖いような気にもなりますが、そこから、励ましをうけることも大いにあります。また、他の人の秀れた作品にふれて、それを賛嘆するこころも生まれましょう。次の機会には、自分もぜひ、仲間うちからも評価されるようになりたいと思って、なにかいい導きの糸はないかと周囲を探しはじめたりします。

そうした折に、一番役に立つのは、すぐれた歌人たちの、すぐれた歌を読むことであろうと、わたしは思っています。しかし、世の中で有名になっている名歌、秀歌のたぐいは手にとってみて、すぐに納得のいくものばかりではありません。現在、市場にあるアンソロジー（詞華集。『現代の短歌』といった名称で百人とか二百人とかの歌人の秀歌が載っているもの。あるいは『新星十人』といったかたちで、このごろの新人の代表作を編集したものなど）は、歌が並んでいますが、その解説が、くわしく載っているわけではありません。また、その歌人たち一人一人の詳しい履歴は書いてありません。初心者、あるいは、この世界へ入って来て間のないうちは、なかなかとっつきのわるいものであります。

こういう時に一番、役に立つのは、先輩のことばであります。そばにいて、いろいろと教えてくれる先人はたとえ一年、二年の先行者でもいいのです。むろん、十年二十年の先輩ならばそれにこしたことはありません。しかし、そうした人が、さしあたりいないという場合に、入門書のたぐいは、役に立ちます。いわば、未知の土地へと入って行くときの地図であり、道案内だからです。

これから、この『今はじめる人のための短歌入門』という入門書を読もうとしているあなたに言うことがあるとすれば、これは、十七歳のときから歌の世界に入った人間が、五十代の半ばに書いた一冊の、短歌案内書であり、自分の体験に正直にまたできるだけ細かに即《そく》して書いた感想集でもあるということです。もしもすぐそばにいて、直接いろいろな疑問を投げかけられたならば、おそらくそう答えるであろうような、一応の答えを、考え考えしながら実例付きでお示ししようとしたものです。

もとより、この問題に正しい解答は一つではありませんし、各々一人一人に、その場面に応じて答えはありましょう。示された道筋に従って、自分の足でまずは歩いてみることです。おかしいと思ったら、ひき返せばいいのです。そうした試行錯誤をくり返すことが、新しい世界へ入っていくものの当然の行為であり、それは場合によってはたのしいこと、刺激的なことかもしれないのです。

あなたの「短歌入門」の成功を祈りつつ、手を振って、あるいは、背中を軽く押して、ご出発を祝福したいと思います。

目次

なにからはじめようか

和歌と短歌とは、どうちがうのでしょうか。

手もとにある簡単な辞書をひらいてみると、短歌のところには「和歌の一つの型式。五七五七七の五句、三十一音を基準とする」と書いてあります。すなわち、和歌といってもいろいろあるが、そのうちの一つが短歌なのだ、といっているのです。

そこで、ついでながら和歌の項目を引いてみましょう。「日本固有の形式による詩。長歌・短歌・旋《せ》頭歌《どうか》などの総称。特に短歌」とあります。

また、短歌のことを、よく、〈うた〉ともいうので、ついでのついでながら、うたをあたってみると、「①声に節をつけて歌う言葉」という説明と、「②短歌。五七五七七の三十一音の和歌。更に広く、詩」という説明がならんでいます。

短歌をつくるということは、和歌をつくることであり、うたを作るという言い方とも矛盾しないようになってきていることが、これらの辞書の解説でわかって来ます。

もともとは、口で歌って耳から聴く〈うた〉があった。文字のなかったむかしは、〈うた〉だけがあった。それが、文字によって書きとどめられる段階で、大きな変化をうけることになったのでしょう。

耳で聴くだけの〈うた〉を歌謡とよんでおきましょうか。歌謡には、長いのも短いのもあり、形のととのったのも不規則なのもあったでしょうが、それが、文字によって書きしるされて、眼によって読まれることになりますと、どうなるでしょうか。

まず、歌う人の肉声が消えてしまいます。肉声が消えてしまうということは、音楽的な美しさが、一たん消されてしまうということでしょう。一たん消えた音楽は、読者の想像のなかだけでよみがえります。最初は、歌謡という音楽の、歌詞の部分が書きとめられたにすぎなかったのでしょうが、そのうちに、文字で書かれた歌は、眼で読まれるためだけの文芸にまで変って行きました。

それなら、歌は、眼で読んで意味がとれ、文字面《づら》がうつくしいだけでいいのか、といえば、それだけでは駄目のようでした。

いまでも、そうでしょう。歌謡曲やフォーク・ソングを聴いて、一ぺんにいかれてしまい、すばらしいなとおもうのですが、歌詞は案外におぼえられない。おぼえていても、ところどころがあいまいで、おぼえちがえをしていたりします。印刷になった歌詞を読むにおよんで、オヤッ、とおもうことがしばしばあります。

　ねえ　ミルク　またふられたわ
　忙しそうね　そのまま聞いて

というのは、中島《なかじま》みゆきの「ミルク32」のはじめのところですが、唄を聴いていたときには気がつかなかった五・七のリズムにおどろかされます。ネエミルク（五）マタフラレタワ（七）イソガシソウネ（七）ソノママキイテ（七）となっています。これは、どういうことなのでしょう。むつかしい理窟《りくつ》はぬきにしていえば、読む詩歌にも、むかしむかしの歌謡時代のなごりがのこっているということなのでしょうか。

音声が消え、肉声の支えが失われたとなると、かえって、詩は音《おん》の数によるリズム（五音《おん》とか七音《おん》とか三音《おん》四音《おん》とかいった、音《おん》の数による拍子のとり方）をととのえて行ったといえるのかも知れません。

その過程は、いまは問題ではないのです。いまは、すっかり文字にたよって、読む文芸になってしまっている短歌も、別名で〈うた〉とよばれるような、音楽的な要素をいたるところに残しているということ。歌謡から、広い意味の和歌が発生し、和歌のいくつかの型式のなかから短歌だけが生きのこって来たという歴史的事実には、意外にふかい意味があったようにおもえるのです。

これから、短歌の世界にわけ入ろうとする人がみな、短歌の歴史を知っていなければならないなどということは、ないとおもいます。それは、また、別の知識や教養の世界かとおもうのですが、それにもかかわらず、ここで、短歌の祖先の話をちょっとしましたのは、次のようなことに注意をうながしたかったからなのです。

第一に、短歌は、声に出して唄われた時代のなごりをふかく受け継いだ詩である。だから、短歌に用いられる一語一語のひびきは、その一首《いっしゅ》の短歌のかなり重要な要素である。また、五・七・五・七・七という音《おん》の数によるリズムは、根本的な重要さをもっている。短歌が、単なる一行の短詩とはちがうところは、この音の数によるリズム（これを音数律という）によるのである。

第二に、短歌は、日本の伝統的な詩のなかで最後に生きのこった二つのうちの一つである。（もう一つが、五・七・五の俳句であることはいうまでもありません。近代俳句が、どのような歴史的背景から生まれたかは、いま、問題にしません。）ということは、短歌には、おのおの時代時代において、競いあういくつかの詩型があった。古代を例にとれば、短歌の母胎ともかんがえられる長歌があったり、兄弟詩型ともみられる片歌《かたうた》とか旋頭歌《せどうか》とか仏足石歌《ぶつそくせきか》とかがあった。また、外国から輸入されて定着した漢詩があった。そういういくつもの競争相手との共存共栄のなかから、やがて、短歌だけが生きのこって現代にいたった。そして、現代では、現代詩という、明治時代に、これも西欧詩の影響のもとに新生した自由詩型と、そしてもう一つの伝承詩である俳句と、共存している。つまり、短歌は、競合に耐えつつ、つねに、競合の場に立たされている詩型だということ。

短歌が、別名で和歌とよばれ、また単純に〈うた〉ともいわれるわけ合いには、このような事実がかくれていたのであります。

さて、「短歌入門」、なにからはじめましょうか。

大ていの入門書には、短歌をつくることは、けっしてむつかしいことではない、と書いてあります。だれにだって、すぐにできることなのだ、と。そして、自分のおもっていることを、素直に、そのまま、三十一音のリズムにのせて言えば、それが短歌なのである、というふうに言われるのであります。

短歌が、そんなにやさしい簡単なものなら、入門書の必要もありませんし、努力目標ともならないでしょう。

長いあいだ短歌をつくって来たわたしの実感は、短歌はむつかしいということであります。一部の天才的な作者をのぞいては、短歌をつくることは、困難な道でありま す。自分に満足のいく歌を生みだすためには、それ相応の努力をかさねなければならないのです。

この実感と、あの「歌はだれでもつくれる」という宣伝文とのあいだには、ひじょうなへだたりがあります。わたしは、「なにからはじめるか」という問いに対する第一の答えは、ここにあるとおもっています。まず、わたしと同じように、短歌作りは困難な道であり、むつかしい作業であると覚悟して下さい。それだけに、努力の目標ともなりうるのですから、そこに意義を見出して下さい。短歌をつくるための、一歩一歩の階梯《かいてい》について、これから、いろいろの場面や実例を示しながら書いていく予定ですが、その一つ一つの階梯をまなぶまえに、短歌に立ちむかう態度をきびしくあらためておくのが大切かとおもいます。態度をかえてきびしくひきしめておきさえすれば、たとえ、途中で思いもかけなかった隘路《あいろ》にであったり、石ころにつまずいたりしても、がっかりしないですみます。

歌をつくるまえに、なにか用意する道具はあるでしょうか。メモ用紙とエンピツがあれば歌はできるという人がいます。安あがりの趣味で結構だという人もいます。わたしのせまい見聞の範囲でいうのですからまちがっているかも知れませんが、そういう言い方をする人の作品は、大てい中途はんぱのようですね。むろん、自嘲《じちょう》を含めた、冗談かも知れませんが、本音もちょっぴり入っています。わたしは、まじめに言うのですが、メモ帳とエンピツだけでは駄目です。下書きの段階としては、それでもいいでしょうが、やはり、ちゃんとした原稿用紙のマス目を一字一字埋めて、清書する作業が、肝要です。

なぜなら、清書するということは、自分の作品に検討を加え、批判を加える絶好の機会なのです。短歌をつくる作業は、（なにをつくる作業もそうであるように）なん段階かにわかれた、改作・修正の過程です。

いいとおもって書きはじめても、第一句第二句（はじめの五音《おん》を初句とか第一句またはー句といいます。「雉子《きじ》の声やめば林の雨明るし幸福はいますぐ摑まねば」〔寺山《てらやま》修司《しゅうじ》〕でいえば、〈雉子の声〉が第一句、〈やめば林の〉が第二句、以下同様）まで来て、これは気に入らないと疑問を感じますと、すぐに書き換えをおこないます。〈雉子の声やめば林の……〉と書く。

この「やめば」は「やみて」ではいけないのか。「やみぬ」と二句で切ったらどうなのか。第三句の「雨明るし」は「雨明《あか》し」と六音（字あまり）を、五音にもどしたらどうか。そういうこまかい修辞の上の変化もさることながら、発想の転換ということのためにも、清書は、大切です。その発想の転換があって、はじめて「幸福はいますぐ摑まねば」という、飛躍した下《しも》の句が、生まれたのかも知れないのです。

原稿用紙とボールペン（自分の気に入った書きやすいものが必要。エンピツでも万年筆でも、むろん、かまわない。）があれば、もうあとは、なにもいらないでしょうか。エンピツに対しては、消しゴムが、やはり必要でしょうが、かえって、原案を消さないでおくのもいい場合があり、一がいにいえません。わたしは、そのためには、原案をのこした紙をそのままにしておいて、あたらしく清書していく方法をとっていますし、人にもすすめています。

一首の歌は、一日のある瞬間に完成することもありましょうし、長い長い経過をへて、できあがることもあります。なん年ものあいだ放置してあった、未完成のメモに、あたらしく火がついて、一首の歌となるというような体験も、けっして稀ではないのです。

次回に、わたしは、道具としての辞書について、また、道具としてのお手本歌集について話そうとおもっていますが、一つだけ、「なにからはじめようか」という問いの項に、つけ加えておきたいことがあります。それは、「なにを歌うか」などということに腐心しないことです。うたうべきことなどは、この世にないといってもよく、また無数無限であるといってもいいのです。それは、その人その人が生きて生活しているあいだに、おのずから、その人の胸に落ちてくるといってもいいでしょう。また、短歌という詩型が、おのずから、呼びよせてくれるといってもいいのです。

遊びとまじめ

「なに」とはなにかについて考えてみましょう。
前節のおわりのところで、すこし早口に言ってしまいましたが、
◎なにをうたうべきか。
という問題は、さしあたり放っておいていい、いや、その点は、もう気にしないで歌えという奨《すす》めであります。これは、いいでしょうね。わたしの言っているのは、歌人の使命であるとか、社会的責任とかいったことは、一人一人の人がかんがえればいいことなのであって、まったく無意味だと言っているのではありません。

ある意味で、わたしは、この問題を一生の懸案のように尊ぶ一人です。ただし、大切なことであるだけに、一人一人がみな違うはずだとおもうのです。一人一人がみな

違うことについては、「短歌入門」の一般論のなかでは、触れるべきではありません。

わたしたちの前には、この短歌制作の道を一生のあいだ続けた人たち――有名な人もいますし、無名の人も大勢います――が、長い長い連鎖をつくって存在しています。そのうちのいくらかは、いまでも、読むことができます。すでに一生を終えた人たちの歌を、全歌集とか、全集とかで読んでみます。若山牧水《わかやまぼくすい》でもよろしいし、吉井勇《よしいいさむ》でもよろしい。斎藤茂吉《さいとうもきち》でも北原白秋《きたはらはくしゅう》でもいいでしょう。また、あなたの知っている、あなたの師匠とか、あなたの肉親でもいいのです。かれらは、「なにを」歌ったでしょう。なにか限定したテーマにしばられて歌ったでしょうか。

有名、無名を問わず、かれらは、長い歌歴のあいだ、迷い続け、漂い続けたのではなかったでしょうか。なるほど、一生の作歌をすべて、一まとめにして見てしまいますと、一人一人の得手不得手のようなもの、好き嫌いのようなものは見えてまいります。でも、それは、あくまで結果にすぎません。

わたしたちは、一生のあいだ、あれこれと新しい試みをし、新奇にひかれたり古調にかえったりしているようにみえますが、そのわりに、一定のワクを越えることがありません。むしろ、歌う対象は、おもい切り拡げた方がいいのです。おもい切り拡げたところで、一生が終ってみれば、せいぜい、狭い運河をたどっていたというのが現実です。一人の人間の体験は、深める方向には向かっても、拡げる方向には向かいにくいことを、わたしたちは経験的に察知しています。

なにをうたうべきか。なにをうたうこともできはしないのだし、なにをうたってもいいのだ、と前回に言い添えたのは、この意味でした。そして、一人一人の人生に、敬意をはらう意味では、うたうべき対象を限定しないというのが、最上の方法ではないかとおもったのです。

「食うべき詩」という言葉があります。

石川啄木《いしかわたくぼく》という人が、今から七十年ほど前に、「弓町より――食うべき詩」という詩論を発表しました。これは、詩・短歌・俳句と分けたときの狭い意味の「詩」にかかわる発言ではありますが、歌にも通ずる詩論でした。そのまま引用するのではなくて、わたし流に嚙《か》みくだいていえば、啄木の主張はこうです。

詩がどうして必要なのかといえば、それは、食物とおなじように、毎日生きていくのに役立つからである。役立つような詩を書かなければいけない。実人生をわたるときにわたしたちが抱く心持ちとまったく同じ心持ちで歌う詩でなければいけない。とくべつのはからいとか、気取りとか、おしゃれとかの必要はない。啄木は「我々の日常の食事の香の物」のような必需性といっています。

啄木が言うには、本ものの詩人というのは、自分を改善し自分の哲学を実践するにあたっては政治家のような勇気をもて。自分の生活を統一するには実業家のような熱意をもて。また、科学者のような明敏な判断力をもて。野蛮人のような率直さをもて。そして、そのような勇気と熱意と判断力と率直さをもって「自己の心に起り来る時々刻々の変化を、飾らず偽らず、極めて平気に正直に記載し報告するところの人でなければならぬ。」

啄木の要求は、実行するのに、おそろしく困難であろうとおもわれます。啄木自身も、おそらくそのことはわかっていたでしょう。啄木の歌は、そのことを証明しているようでもありますが、この点は、いずれ啄木の歌を例にあげてお話するときに、のべたいとおもいます。

しかし、啄木が、詩はいわゆる詩らしい詩であってはならないと言い、「人間の感情生活の変化の厳密なる報告、正直なる日記でなければならぬ」と言ったことには、わたしたちも、充分、注意すべきことかとおもわれます。啄木は、「事実」の報告だと言っていません。「感情生活の変化」の報告、それも「厳密なる報告」だと言ったのです。ここで日記という言葉がつかわれている点にも、注意をはらっておきたいとおもいます。

啄木のこういう考えかた、とくに「食うべき詩」といった詩の実用性については、反対の立場から、さまざまな抗議があらわれてくるだろうとおもいますし、近代短歌の歴史の上でも、あらわれています。わたしは、どちらの議論も——詩歌に、はっきりした生活改善上の実用性をみとめる説にも、詩歌は一切、虚無への供物であるという説にも、無理があるように感じていますが、そのことはふかく追求しないでおきましょう。

わたしは、わたしたちの「感情生活の変化」という一点に啄木の議論からの最大の贈物を見出したいとおもっています。「正直なる日記」という点についても同様です。

なにをうたうべきか、という問いかけでは困るのです。なにから入っていこうか、と問うて、日々の感情生活の折々に変化していく、その節目、折目に注意してごらんなさい、そこに歌の入り口がありますよ、と言いたいのです。感情生活には、喜怒哀楽といった大ざっぱな分類にはあてはまらない、あいまいもことした部分がいっぱいあります。そのあいまいもことした部分に、言葉をあたえてやるのです。それも、ただの単語をあたえてやるのではありません。三十一文字という定型の詩のかたちをとった言葉をあたえてやるのです。

日記という言葉に注意したのも、散文の形で、さらさらと書き綴ったものが歌作りに役に立つという意味ではありません。一日一日の感情生活のうつりかわりは、一人一人、実にはげしく、また、微妙に、推移しているはずです。それは、おそらく、あなた自身でさえ、ぼんやりしていれば気がつかないほど急速に変化し、また、もとへもどったりしていることでしょう。そのすべてを記録したりすることは、とても無理ですが、そのうちのいく分かでも、ぱしっ、ぱしっと、瞬間にとらえておきたいものです。日記という意味は、一つ一つの作品は日付けをもっていますよ、という意味でもあります。作られた日付けをもち、また、発表された日の日付けをもってもいます。このことも、大事なことなのです。

さて、ここで「遊び」とまじめについて考えてみたいと思います。

ここで、自分の日々の感情生活に相対《あいたい》するわけですが、そこのところで、どうかかたくならないで下さい。肩に力が入っては駄目のようです。

わたしは、歌作りは「遊び」という考えかたを、ここで徹底させた方がいいようにおもっています。

「遊び」といったって真剣な遊びだってある、いやしくも文芸なんだから、人生に対し制作に対し真面目《まじめ》な態度でなければいけないのではないか、つまり「まじめな」遊びなんだ、といった留保をつけた「遊び」ではありません。それこそ、本ものの「遊び」。

子供たちが遊んでいるのを見たことがあるでしょう。かれらは、模倣「遊び」であれ、闘争「遊び」であれ、一人でやるぐるぐるまわり「遊び」であれ、それが「遊び」であって勉強でないことを知っています。頰をまっかにして遊び、かれらの脳中からは、世界が消えています。

なかなか、大人になってからは「遊び」といえども容易でないことがわかりますね。詩歌は、おそらく、実人生とくらべたとき、「遊び」なのです。あるいは、こういう言い方をしてもいいかも知れない、詩歌が実現しようとしているのは、もう一つの「実人生」なのだと。これもまた、人生の上に「実」とつけたくなるぐらいの、なまなましさをもった、別の「生きざま」なのです。なるべく、遊びの色の濃そうな例を、すこしあげておきましょう。

ひだりてからみぎてににもつもちかえてまたあるきだすときの優しさ　村木道彦

これは二十歳になるかならぬか、といった青年の歌です。わざと漢字をやめて、ひらがなで書いてあります。漢字が――漢字まじり文が、実人生だとすれば、これは「遊び」。そのことをはっきりさせるために、ひらがながつかわれているのかも知れません。

しかし、ここでうたわれている、ほんのちょっとした人間の動作はどうでしょうか。わたしたちの「感情生活」の一断片をするどくとらえて、優雅な三十一音のリズムの上に乗せているではありませんか。それも、むりな歌言葉――文語調の擬古的文体によらないで、一見ごくあたりまえな会話体で書いています。もう一首、同じ人の歌をあげてみましょう。

腋の下は湿りていたる　炎天に翳こそ一羽われを越ゆるも　　村木道彦

自分の腋《わき》の下は、汗のため湿っている。そのことをこの青年は気にしている。その時、一羽の鳥のかげが、自分をこえてすぎて行った。そういう内容かとおもいます。

この歌では、「……湿りていたる」と文語をつかって、しかも言いさしているような、不完全な語法で、なにか心のためらいを示していますね。「翳こそ」とか、「われを越ゆるも」とか、すべて古典の語調です。この場合は、さきの「ひだりてから……」の歌以上に、わたしたちの「実人生」の言葉からはなれています。これは、まじめではなく、「遊び」でしょう。

短歌を作ろうとするときに、日々の感情生活の変化について敏感でなければならないということを言いました。敏感であるためには、「遊び」ごころをもつ方がいいと言いました。ゆったりと、くつろいで、しかも子供の遊びのように熱中して、歌の中へ入って行く。この心が、やがて、感情生活の折目節目に反応する力をやしないます。

模写と風景

土屋文明《つちやぶんめい》は現代歌壇の最長老などとよばれていますが、いわゆる歌壇とはほとんど関係なく悠々と自己形成をとげた人であります。その土屋文明の比較的若いころの文章に「短歌手ほどき」（昭和七年）というのがありまして、いま読んでみても、なかなか、ためになるのであります。昭和七年の文明は四十二歳。雑誌「アララギ」の編集責任者になって二年目。おそらく、この手引書は、「アララギ」の初心の会員を読者のうちにおもいながら、書かれたものでしょう。

この「短歌手ほどき」のなかに「思ふがままに言ふこと」という項目があります。次のようなところは、前にわたしが言ったところとかさなるのですから、注目したいのです。

歌の技巧としては、この思ふ処を思ふがままに歌ひ上げるといふのが、最初であつて最後である。けれどもこの思ふ処を思ふがままに言ふといふことは容易に見えてなかなか容易のものではない。

そのとおりだとおもいます。だから、やみくもに「思うがままを言いなさい」といっても、よい手引きにはならないのです。

その次に文明が言っているのは、初心者はまちがった手本をもっている、ということでした。初心、初心という人にかぎって、「自分は初心であるから言いあらわしかたは下手だけれども、しかし人の真似をしたことはない。真似をしたいにも、他人の歌などほとんど読んでいないのだ」というようなことを言う。ところが、そういう初心者の歌は、短歌の専門家、土屋文明の眼からみると、歌の世界ではつかいふるされた、平凡で、ありきたりの表現ばかりである。これはなぜかというと、「日本人としては、いかに他人の作つた歌を見ないと言つても、事実上小学校の教科書から始めて、二十首や三十首の歌を見ないといふことは出来ない。多くの場合に百人一首の半分はおぼろ気ながら記憶して居るのが日本人の常である。」だから、いざ、一首をものしようとなると、意識下に潜んでいた百人一首の歌を下じきにして、それをなぞってしまう。お手本が高級な歌ならいいが、長いあいだの因習によってすっかり平凡になってしまっている悪《あ》しき手本であると、それを模倣した歌もよろしくないということになる。こんなふうに文明は説いています。

それでは、そういう悪しきお手本の、意識下における跳梁《ちょうりょう》をおさえるのには、どんな方法がいいのでしょう。悪貨を駆逐するには、良貨を鋳《い》よ。土屋文明は、近代の名歌を——正岡子規《まさおかしき》晩年の歌からはじめて、伊藤左千夫《いとうさちお》、長塚節《ながつかたかし》の歌をあげて、これらを反復よんで、学べというのでありますが、このあたりから話がぐんとむつかしくなります。わたしは、もうすこし、平俗なところから、お手本の話に入っていこうとおもいます。

まず、歌のできるときのことをしずかに反省してみましょう。二つの場合があるようです。

一つは、原稿用紙を眼の前に置いて、鉛筆かペンをもって、じっと考えているとき。

目をとじて考えるのもいいでしょう。こういうときに、ひらめくように言葉がでてくることがあります。もっとも、紙や筆記用具のまったくないような状況下で、言葉がうかんでくることもあります。五・七・五・七・七、三十一文字が、すらすらとうかんでくることもありましょうし、七・七の下《しも》の句だけが出来ることもあるでしょう。あるいは、また、五・七とか五・七・五（あるいは、その変形）が、うかぶこともあります。おもいうかんだ文句を、忘れないように口で唱えながら、筆記具のあるところまで帰ってくるなんてことも、一度や二度ではありません。うかんだ言葉は、たとえつまらない文句であっても、一応、紙にうつしておくのがいいようです。

もう一つ別の場合というのは、本を読んでいるときで、他人の言葉に触発されて、歌ができるということがしばしばあります。ひょっとすると、このほうが多いかも知れません。

吟行会《ぎんこうかい》というもよおしがあります。グループである一つの場所——かならずしも、名所旧蹟である必要はありません——へ出かけて行きます。一時間とか二時間、そのあたりを探勝いたしまして、歌を作り合います。多くは即興的に、その場で作るのであります。

吟行会の場合などは、おそらく、いま言った二つの場合の、両方の性質をもっていましょう。紙を机の上にひろげて歌を考えているのではありませんが、ノートは持っており、筆記具も忘れていません。いつでもメモがとれる用意をして、風景や人物のあいだを、あちこちいたします。いわば、歩きながら紙をひろげ鉛筆をかまえているのに、ちかいのであります。

かといって、空《くう》で考えているわけではありません。目を閉じているわけではなく、目は見開いて、耳は聴きすまして、感覚器をすべて開放して、データをあつめようとしています。本をひらいてはいませんが、自然の風景が、そして、仲間たちの動きや声が、本のかわりをいたします。瞑想《めいそう》や回想のなかから生まれてくるのではなく、自然からうけとる刺激から、言葉がでて来るはずでありますから、吟行会は、歌作りの方法としては、いい方法だとおもうのですが、実は、実行してみますと、大へんにむつかしい。

人にすすめて、作歌《さっか》の練習の機会にしてもらったこともありますが、その人の作品をみて、あまりに平凡で、ありきたりの歌なのにおどろきました。

吟行会というのは、実践の度合いとしては、すこぶる高級な場であって、やはり、その前に、大いに先進の歌をよみ、その模倣と模写を通じて、言葉を知り、歌の組み立て方を知る必要があります。そうした、地味な基礎練習をした上で、風景にぶつかることが大切なようであります。

折角、土屋文明の歌論から始めたのですから、今回は、文明の歌をよんで、そこから学んでみましょう。

高松港

朝明《あさあけ》の港に一人《ひとり》おりたちて栗林園《りつりんゑん》の道をききゆく

まず「高松港《たかまつ》」というのは、タイトルであります。タイトルでありますが、単に、それだけではなく、この作品が、四国の高松へ行った時の作品だということを示しています。昭和四年、三十九歳の作品です。

したがって、「朝明の港」というのは、高松のことでしょう。うっかり、「高松の港に一人おりたちて」などと、やってしまいがちなところではないでしょうか。そこを、「朝明の」と、時間をあらわす言葉をつかっています。この時に、「朝明」のほかに、どんな言葉がかんがえられるでしょうか。辞書をひいてみましょう。

　朝明＝朝（空が）明るくなること。また、その時。夜あけ。明けがた。（『広辞苑』）

あまり、うるところはありませんでした。あけぼの、と言いかえてみたらどうでしょうか。

　あけぼの＝夜明けの空が明るんできた時。夜がほのぼのと明け始める頃。あさぼらけ。（『広辞苑』）

こう書いてあります。あけぼのは、朝明の一部分で、そのごくはじめのころを指すようです。

　あさぼらけ港に一人おりたちて栗林園の道をききゆく

としてみますと、どうも「朝明の」のほうが、感じとしていいようです。アサアケというア音《おん》を重ねた音のひびきがよろしいためだろうとおもわれます。

　いくつかの言葉のなかから、「朝明」を、無意識のうちに選んでいた作者のことを理解することができます。

「港に一人おりたちて」というところはどうでしょうか。「朝明の高松港におりたちて」という別案も、当然、かんがえられるところでしょうが、そういたしますと、タイトルに高松港を据《す》えた意味が、なくなります。なるべく説明に類することは、歌の外へ追い出してしまうべきなのです。また、新案によりますと「一人」という、大事な限定が消えてしまいます。ここは、団体で来たのでもないし、友人や家族と一しょに来たのではない。壮年の男がひとり、朝着いた連絡船（おそらく、国鉄の連絡船できたのではない。船のなかで眠って、そして、下りて来たところであります。そのことが過不足なく言ってあります。

あとは、そう問題はなさそうですが「栗林園の」の「の」はいかがでしょう。「栗林園への」という意味を、あえて「栗林園の」ときびしく言っています。たった一字のちがいですが、この「の」の使い方もいいようです。「道をききゆく」というのは、「栗林園へはどう行くんですか」と、人にきいて、その道順をききながら、たどって行くということだとおもいますが、「道をききたり」でもないし、「道を行きたり」でもなく、二つの意味を、うまく、簡潔にまとめています。第三句を「たちて」と「て」でとめて、結びの句を「ゆく」としているのも、おのずからなる韻律のよろしさであろうかとおもいます。なお、ついでにいうと、「栗林園」は、ふつう栗林公園といっています。それを「栗林園」とつづめたのか、それとも、こういう呼び名が（旧藩公の庭園でありますから）あるのか、わたしにはわかりませんが、これも、文明が、定型（五・七・五・七・七）を大切にとりあつかっている一つの証《あか》しかとおもわれました。

船のうへの眠《ねむり》のこれり山彦のかすかなる園にしばらくは居《ゐ》む
おもしろく造れる庭をゆきはてて竹の林に入るは静けし
篁《たかむら》の外《そと》は草あらき瓜畑《うりばたけ》朝のくもりにしばし息《いこ》はむ

同じときの作品を並べてみました。作者が、公園のなかに入って行くところ、「ゆきはてて」竹林の中へ入っていくところ、竹林を出て、そのうしろの瓜の畑をみているところ、次々に時間の経過とともにうたわれています。朝明に下りて、歩いたとしても、近いところですから、まだ朝のうちでしょう。公園は、むかしは、そんな早くから開いていたとみえます。
「山彦のかすかなる園に」、しばらくは居よう、とか「朝のくもりに」しばしのあいだ休息しよう、とかいった形の歌のまとめ方にも注目したいとおもいます。「に」という助詞も、味がありますが、なによりも、「居む」「息はむ」として、現在感、臨場感を出しているのが、いいところです。これを「居たり」「息ひぬ」とした時と比べて下さい。

批評のなかでのびる

批評することとされることのちがいはどこにあるのでしょうか。

こつこつと、だれに見せることもなく、短歌を作りためていた、などということを言う人があります。そういう人が、なにかのきっかけから歌の会に出て、作品を他人の眼にさらすことがあります。

また、歌の会に直接出るのはもっとずっとあとのことで、最初は、新聞の歌壇の欄であるとか、本誌（『短歌』）にもあるような投稿欄（「公募短歌館」）に投稿することになったとします。この場合のほうが、現代では事例が多いのではないかとおもうのです。

これは、ある意味で、どきどきするような機会であるともいえます。いままでは人に見せることもなく、ひそかに三十一文字らしいものを書いていたが、いよいよ、その評価をうけるのであります。

いくつかの機会に出遭ってそう考えるのですが、作品（短歌）の評価をうけるということは、ある意味で、三十一文字の作品を並べるという作業と同じくらい重いことであります。どのような機会をつかむにせよ、自分の作った短歌を人の眼にさらした瞬間から、短歌を作ることそのものの、自分にとっての意味が、はっきり変って行くのではないかとおもいます。

短歌作品が、ほんとうの意味で、作品となったといえるのは、その瞬間からでしょうし、世間の人によって、いわば共有されたということなのです。社会に出て、はじめて、この世のしくみがわかる、などといいますが、作品が一人立ちできるかどうかも、批評の場に出て行ってはじめてわかります。

一人だけで作っては溜め、消したり書いたりしている時は、では、批評はなかったのかといえば、むろん、自分自身が批評者だったわけであります。自問自答しながら作ったり消したりしていたのであります。その時に、批評の基準——つまり、なにが上等の作品で、どれがだめな作品かという基準はなかったか、といえば、あったにちがいありません。自分の好きな歌人の作品であるとか、古典和歌のなかのそれらしいお手本であるとか、そういった模範例を頭にうかべて作っている場合には、その範例との似具合が、一つの基準になりましょう。前回に申しあげた土屋文明の言葉「短歌手ほどき」をおもい出していえば、百人一首などが、基準になる場合もありましょう。また、新聞投稿欄などを、お好きでよく読んでいらっしゃる方は、ご自分では投稿なさらなくても、おのずから、眼が肥えてくるという現象がありますから、そこに選び出された作品が、一種の模範作品の例として、無意識のうちに、働きかけてくるということもありましょう。

そうしますと、自問自答して作っていた段階におきましても、すでに自分の作品は、世の中に公認された有名作品であるとか、一選歌欄に印刷された（無名ではあっても）、そのかぎりで選者の目にとまった作品などを通じて、なにかと較《くら》べられているのであります。これは、もはや、自分ひとりの世界の出来ごとではないということになりましょう。

すこし例をあげてみましょう。

梅漬けを了へたる午後の掌《て》の匂ひこころ清々しゆく雲は見ゆ

こういう歌を出してみましょう。(これは、実は、わたしの指導していた短歌教室に実作指導の対象として提出された歌であります。)

作者は、もう初心の域を脱しておられますが、ここでは、かりに初心の人であると仮定して話をすすめてみます。

こういう歌では、作者の気持ちは、特定の人の作品を真似するとかいうことには、こだわっておられません。おそらく、梅を漬けた午後の、ある満足感を言いあらわすことができさえしたらいい、とおかんがえなのでしょう。たしかに、それも、作品を作るうえで、大きな一つのよりどころといっていいでしょう。一つの歌を作った。これでよい、と自分でおもうのは、その歌に、その時の自分の気持ちが、比較的素直に、あらわれているとおもったときであります。

ところで、この実作が提出されましたとき、わたしは、こんなことを言いました。『こころ清々し』はよくわかりますが『梅漬け』『掌の匂ひ』『ゆく雲』といった材料が、すべて同じような感じのことばばかりであるために、作品の印象が、小ぶりであるといいますか、わかりすぎてしまって底が浅いといいますか、そういう結果になっています。『こころ清々し』も、できるならば、これをいわないで、その感じを出すようになれば、よりよいのではないでしょうか。」

いま、おもうに、この批評は、かなり、いろいろな要素を含んでいました。作者としては、かならずしも納得なさらなかったのではないか、と反省するのであります。

批評は、それをすることも、また、されることも、なかなかむつかしいことでありますす。他人の作品に対して、ほんとうに正確で、しかも前向きの批評ができるためには、かなり場かずを踏む必要がありましょう。また、他人の立場に立つことのできる精神の幅が、必要とされましょう。それに、もう一つ大切なことは、（妙に精神主義のようなことを言うようですが）批評に適したこころの状態というものの作用であります。

たくさんの機会に、他人の作品や作品集について、批評をして来ましたが、その時はいいとおもっても、あとからふりかえって満足のいく機会は、けっして多いものではありません。場合によっては、のちになって、まったくちがった感想にとらわれるような作品もなくはありません。

同じ作品について、ほかの人が批評をするのを聞いたり、読んだりすることも、大へんに有益であります。批評に対して、批評をする気分になっていますね、そういう時は。かならずしも、賛成したくなる批評ばかりではないのに、他人の批評態度や、批評言語から、いくつかのことを学ぶことができます。

こうして、批評という行為も、また、作歌という過程とおなじくらい大切な、文芸の要素なのだということを知っていきます。

この項で、わたしのいいたかったのは、歌を作るということは、歌を（なにかの基準と）較べながら作るということである、という一点であります。〈なにか〉というのは、範例のこともあります。自分の感情生活の一こま（たとえば、さきの例でいえば、梅を漬けるという仕事をしたあとの心境）について自分で抱いている自己イメージと較べてみていることでもあります。（自分は、かくかくのことをしたりされたりしたが、その時の自分の心境は、かくかくしかじかであると、あらかじめ――歌を作るまえに――おもいだいている、とすれば、それが自己イメージであります。）この、較べながら作るという行為は、無意識のうちにおこなわれていますが、まぎれもなく自己批評であり、批評行為であります。いうならば、作歌と批評は、ワン・セットになってあらわれているということであります。

歌を作ることができるが、まだ初心者で、ひとの作品の批評などは、とてもできません、などとおっしゃる人があります。これは、けんそんしておっしゃっている場合も、むろん多いので、一がいにはいえませんが、作歌のなかに（というか、底にというか）ひそんでいる批評の行為について、気がついておられないための発言かも知れないのです。

すこし、総括的な話になりますが、歌を作って、世間に押し出すというときにぶつかる三つの批評の型があるようです。

第一は、選歌という場に発生します。たくさんの候補作のなかにまじって、自分の作品を提示した場合、選に入る作品の数が限られていますと、おのずから、選びとられる人と選び捨てられる人とができてきます。

雑誌などの選者になって、選歌をすることがあります。選者とは、別にだれがなるという基準があるわけではないし、その資格とか免状のようなものがあるわけではありませんが、これも長いあいだの習慣によって、経験とか作歌力のすぐれたと世間にみとめられた人たちがなっています。選歌というのも、大てい、投稿規定によって、なん首以内投稿してよろしいという歌数がきまっています。その、十首なら十首のなかから、選者は、いいとおもうところを選びとるのであります。きびしい条件の場合には、——新聞の歌壇の場合などがそうですが——何百人の人が、総計して何千という作品を出して来られていても、選ばれるのは、十人とか三人とか一人とかいう場合もあります。

こういう時に、作者によくたずねられるのは、選ばれた理由ではなくて、選び捨てられた理由であります。どうして、あの歌は、だめだったのでしょうか、という質問であります。自分で自分の作品に下している評価と、他者（選者）の評価がくいちがっている、という問題でありましょう。この点は、もうすこし、説いておきたいところですが、あとにまわしまして、第二の批評型態にうつります。そして、とにかく、型の種類——といったって大したことではありませんが——をあげて置きます。

第二は、一ぱんに添削《てんさく》といわれている批評型態であります。添削指導などともいわれているように、選者あるいは指導者が、作品の改作をすすめます。助詞を一字だけ、あらためるような、小さい改作もありますし、また、全体の構成におよぶような、大改作もあります。選者なり指導者なりが、これをおこなって、おこなった上で、公表するという場合が、すくなくありません。このことは、選歌とか投稿欄の場合は、あらかじめことわってなくとも、暗黙の諒承事項《りょうしょうじこう》になっていることが多いので、ご留意下さい。添削は、いずれにせよ、作品批評の極端な場合の一つの形といってよろしいでしょう。短歌では、一助詞の置き方によって、がらりと作品の質がかわる場合が多いので、もっとも具体的な批評が、添削批評だといってもいいのです。ただ、個性のつよい人で、添削指導をこのまない人がいても、けっして不思議ではありません。そういう人は、選者にあらかじめ申し出ておくか、または、その門を去って、他の門から短歌に入ればいいのです。

第三の批評は、いわゆる批評文であり、口頭の批評のことばによる、歌評の会でおこなわれます。多少改作の示唆《しさ》もあるかも知れませんが、この場合には、一首一首について、批評がおこなわれます。

これら、型態はちがうが、批評には共通したなやみごとがあります。困難があります。それは、次の機会に話しましょう。

批評の基準

批評の基準を考えてみましょう。

短歌の入門書をたずねてこられる人があります。わたしは、率直に、自分の書いた本をすすめることにしていますが、自分の本のほかには、ときかれた場合には、「すこしむつかしいけれど、」という注釈をつけたうえで、正岡子規の『俳諧大要《はいかいたいよう》』（明治二十八年筆）――これは、いま、文庫本で手に入ります――をすすめたいとおもうのです。

そうおもうだけで、実は、初心のかたのだれかれに、おすすめしているわけではありません。夢というか、空想というか、わたしのこころの中にある「初心の人」は、たとえば『俳諧大要』をすすめられても、あまりものおじもしないで、手にとるだけの胆《きも》のふとさをもっていただきたい、などとおもっているだけなのです。

ほんとうのことをいうと、こう言っているわたしも、『俳諧大要』は、初心のころには敬して遠ざけていたひとりです。

だいたい標題が、人をよせつけませんよ、ね。「俳諧」と来る。まだ俳句なら、テレビでも講座がひらかれているくらいですから、わからなくはないが、俳句ではなくて、「俳諧」。

子規（一八六七―一九〇二）は、みなさんが短歌をつくろうとしていらっしゃる、その道の最初の土台をつくった人。この人が、（もともとは俳句つくりであったのに）短歌を近代の文学としてよみがえらせるという、よけいな口出しをしたばっかりに、短歌が、ぐっとわたしたちに近いものになりました。その子規が、十九世紀の世紀末のころに、四国は松山《まつやま》のちかくにあった「松風会」という俳句好きの人たちのあつまりに対して、「俳句とはなにか」という、一連の啓蒙的《けいもうてき》講釈をたれたのであります。これが、当時の新聞「日本」に載りまして、『俳諧大要』の基礎をつくりました。

よめばわかりますように、この本は、俳諧とはいうものの、実は、俳句の概説書であります。わたしは、この本の「第一」から「第四」までの芸術論の部分は、はっきり言ってまちがっているところが多いとおもうので、よみとばしていただきたい、というのです。そして、「第五　修学第一期」というところから、よみはじめてよろしい、と口添えするのであります。

俳句をものせんと思はじ思ふまゝをものすべし。（第五　修学第一期）

こういう調子の文章でありますから、このままでも、まあ、わかりますが、わたし流に書きあらためてみましょう。ついでに俳句というところを、短歌とかえてみます。

短歌をつくろうとおもうならば、おもうとおりのことをそのまま、歌のかたちにしてみなさい。けっして、うまく作ってみようなどとおもってはいけません。へただからといって、そのへたをかくすことはありません。他人の眼を恥ずかしがることはありません。

他人の眼。ここのところに、前回から続いて、わたしのお話ししようとしている批評の問題が、出てまいります。他人の眼は気にするな、恥ずかしがるな、といいましても、実は、これは大切なこころの持ち方でもあります。

子規は、だいたい、おもいつきの大家でありまして、深謀遠慮《しんぼうえんりょ》のすえ、体系的な原論をくみたてたりする人ではありませんでした。ポンポンと、おもいついたところを、口にし文に書いてゆく人でした。だから、この「第五」章でも、さきにああ言ったかとおもうと、すぐそのあとで、次のように言います。

初心の人が、他人の眼を恥ずかしがって、どしどし作歌すべきところを、やめてしまうというのはよくないのですが、かといって、この他人の眼を恥ずかしがる気持ちのなかには、なんとかして、人のほめるようないい歌をつくろうとする願望がひそんでいるのですから、これは立派なことです。このこころ組みは、ずっとそののちまでも持ちつづけたいものです。

入門書につきもののことなのですが、簡単そうに書いてあることが、なかなか、実行するに容易でない、という場合に、しばしばぶつかります。

子規は、満でいって二十八歳かそこらで、『俳諧大要』を書いています。青二才の文学論だと、いえなくはありません。それに、「修学第一期」とか「第二期」とはいうものの、子規自身、自分の体験をかえりみながら、手さぐりでものを言っている気味合いが、いたるところに感じられます。次のようなところも、その一つでしょう。

多作しておりながら、人に見せない人がいらっしゃいます。かといって、まあ、教えを乞いたいような先輩も、いないとおもっているのなら、それもよろしいでしょう。多作しているうちに、自分で、わかってくる場合もあります。先輩にきけば、一ぺんにわかってしまうようなことでも、なんか月も、なん年もかかって、やっとわかるというような独学の苦心というのは、ちょっと見には、まわり道のようにみえるけれど、そうではありますまい。苦心のすえやっと自分のものにした知識というのは、第一に、頭のなかにつよく刻みこまれて忘れない利点があります。第二に、この知識を作歌の実際に応用するのも、やりやすい利点があります。第三に、また次の段階で、わからないこととか、むつかしい作歌上のジレンマにぶつかったときに、それを打開するためのヒントを与えてくれます。

こういうのは、子規自身の体験談にちかいとおもっておいていいでしょう。子規あるいは子規一派の俳人たちには、「一題千句」なんという多作重視の傾向がありました。子規も、べらぼうな数の俳句（その大かたは駄作ですが）を作っています。

たしかに、（あとからかんがえると、恥ずかしげもなく）あとからあとから、歌をつくるような時期もあるものです。わたしの経験では、この多作期というのは、初歩の初歩、ほんのつくりはじめのころに一度あるようにおもわれます。

それは、ほんの短い一時期です。はじめてもった玩具がおもしろくてやめられない子供のように、なんでもかんでも歌にしてしまう。子規流にいえば、他人の眼がこわくない時期、恥の感情のない時でありますこの時期を長くつづかせるつもりなら、他人の眼に作品をさらさなければいいのです。しかし、おそらく、長くは続きません。

前にも言ったように、批評は、なにも、面とむかってきかされるばかりではないのです。間接に、うわさばなしとして、耳にとどく場合もあります。他人の身の上ばなしをきいているうちに、わが身が案じられるということも、まま、あるのであります。

批評は、結局のところ、自分の作品を、なにか別のものでもって測《はか》る、という行為であります。測る、のでありますから、そのための計測の原点が必要になります。作るということは、作りながら、その作品を、（大げさにいえば）現代という時代のどまんなかに（遠慮していえば、かたすみに、でもよろしい）置いてみるということであります。時代のなかへ置いてみますと、時代のほうからやって来て、測ってくれます。それが、作品の社会性ということであります。

一見すると、自分ひとりだけで作っているようにみえますが、わたしたちの耳目《じもく》は、時代の表現から無縁ではありません。テレビやラジオのCM。新聞や週刊誌の広告。いわゆるコピーと称せられる短文。そうしたものから、はかりしれないほどの影響をうけて、わたしたちの言葉は、流動しています。

さらに一歩すすめて、これを、いろいろなメディアに刷られている、他人の短歌（古歌から、現代の新聞歌壇の歌にいたるまで）に目をうつすなら、わたしたちは、「自分ひとりだけで、こつこつと作っている」という、自閉感が、うそいつわりの仮面にすぎないことをさとるでしょう。

人間の気持ちの底には、ごく自然に、他人と自分を「比べる」傾向がひそんでいます。これが、批評の根拠です。作品の場合もおなじことです。

多作をして、おのずから悟っていくのは尊いことだと、子規は言いました。そう言いながら、子規は、また、次のようにも言っているのです。

自分で短歌をつくると同時に、昔から今までの短歌（和歌）を読むことが、まず第一に、しなければならないことです。作っては読み、読んでは作る。こうすれば進歩はいちじるしいものがありましょう。自分の作品と、他人のいわゆる秀歌をならべてみますと、かえって秀歌のほうが『意匠惨澹《いしょうさんたん》たる』ありさまにみえることもありましょう。他人の秀歌をよんでから、自分で作ってみますと、あとからあとから、いい考えがうかんで来て、歌のしらべも自在となり、まるで名人が、自分にのりうつったような錯覚さえおぼえるのであります。

作るとは、創作であります。
読むとは、批評であります。
作りつつ、読み、読みつつ、作るとは、自分の作品を、他人の作品によって測りつつ、批評しつつ、作っていくということであります。そのときに、子規をはじめとして、多くの先達《せんだつ》がそういたしましたように、名人が、自分にのりうつったように、他他人の言葉を盗んだり、他人の作品を模写したりする創作がはじまります。

ほんとうのことをいえば、わたしたちがはじめて作った、第一首目の短歌といえども、それは、批評抜きで成立したものではありません。かならず、むこうのほうに、批評の原点としての、時代の基準が、だまって立っていたのです。わたしたちは、それに気がつかないだけのことです。

やがて、そのことに気がついたとき、「恥」の感情が生まれましょう。そして、無言の批評ではなく、だれかれの先達や友人から、言葉をもって批評されたい（ほめられたい）とおもうようになりましょう。

そこから、歌がかわってまいります。歌が急速にのびはじめるのです。

読むことは作ることである

正岡子規の『俳諧大要《はいかいたいよう》』の「修学第一期」の話を、もうすこし続けます。たとえば、次のような言葉があります。

自ら俳句をものする側に古今《ここん》の俳句を読む事は最《もっとも》必要なり。かつものしかつ読む間には著き進歩を為《な》すべし。

ここのところは、つまり、読むことが大切だ、読むかたわら作り、作るかたわら読むという作業のなかから、作歌力がいちじるしくのびるのである、と言っているのです。

歌を作る場合に、「物」を見て、それを歌にする――たとえば、太陽が海に入るところを見て、これを歌にしようとすることがありましょう。また、本を読んだり、とくに古今の歌集のたぐい、ライバルとおもっている人の歌を読んで、急に歌ごころが生ずることもありましょう。

先生（わたしのことであります）は、どちらの場合が多いですか、と質問されたことがあります。

本――多くは詩集や歌集や句集のたぐいでありますが、それを読むことが、すなわち、歌を作ることになっています。古今の作品を読むことによって知識を得、その知識をもとにして歌を作るというのではありません。読むのは、あくまで、たのしみのために読んだり、文章を書く仕事の材料として読んだりしているのであります。

短歌は、読んでいて、そうおもしろいものではありません。読むのがたのしいといっても、推理小説を読むたのしみとは、おのずから違ったたのしさです。けれども、このたのしさを知ることなくしては、歌を作ることができません。

このたのしみ、このたのしさを教えてくれるほどの人でなければ、師とはいえないでしょうし、すべての入門書は、このたのしみ、このよろこびを知らせてくれるものでなくてはならないでしょう。はじめから大作の前に立って衝撃をうけるのもよろしいでしょうが、わたしは、なるべく、手近な材料をあつかった、小品に接するのがいいとおもっています。

わたしたちの人生には、大そう事件の多い時期もありますけれども、大かたは、平凡にすぎて行く、波風のない日常のくりかえしであります。はげしい恋愛であるとか、非常なかなしみであるとか、肉親との離別であるとかいったことは、つねにあることではありません。

そうだとすると、その一見平板で事のなさそうな日常のなかから、歌を作っていくことになります。そうした手続きを、わたしたちは、先人たちの完成した作品のなかに見出して、よろこぶのであります。

七階《ななかい》の高きにのぼり吾《われ》は来て紅《あか》くにほへる梅見て降《くだ》る　　斎藤茂吉

こういう歌を読みますと、ふっと誘われていく自分だけの思いがあります。この歌、「……のぼり吾は来て」という、まことに奇妙な言い方に注目すべきでしょう。いや、わざわざ注目しなくとも、ここのところに、こだわりを感ずるはずなので、そのこだわりを大切にしましょう。

「七階の高きに吾はのぼり来て」ではなぜいけないのか。いけないはずはなく、それも一つの言い方です。茂吉は、昭和十二年のこの作品をつくるときに、そういう普通の語法を避けたのであります。ちょっとした語順の変化が、この場面の濃度を変えてしまう。「紅くにほへる梅」これも、なかなか曲者《くせもの》であります。「にほふ」は、おそらく、「色美しく映える」「赤く色が映える」の古義を生かしたのでしょう。嗅覚《きゆうかく》ではなく、視覚のよろこびなのでしょう。

「吾は来て」わたしは、やって来たのだと言っています。やって来て、紅梅の色を賞《め》でたあとで、「降る」。すなわち、その高い建物を降りたのであると言っています。ただそれだけのことのようでありますが、この小さな体験の中味は、なかなかに濃厚だったようにおもえます。

街上《がいじやう》の反吐《へど》を幾つか避《さ》けながら歩けるわれは北へ向きつつ　　茂吉

やはり、同じ年、同じころの作品であります。一月二日という日付けが、歌の下についていますので、正月に街あるきをした時の歌であることがわかります。斎藤茂吉の場合は、『全集』が出ていまして、その中に「手記」や「日記」が収録されていますので、参考のため、のぞいてみました。念のために言うと、このような操作は、歌を歌として読むこととは、関わりがありません。まず、「日記」から。

一月二日　旧十一月二十日　土曜、曇、風／午前中木曾の歌十一首整理す。午後徒歩にて渋谷に行き映画見んとせしが雑沓《ざっとう》して入られず。新宿に行きしも同断。帰宅前によし橋にて牛乳飲み、帰宅後午睡しそれから入浴す。（以下略）、（『全集』第三十巻）

次は「手記」です。

◎昭和十二年元旦小吟／一日元旦、○街のうへをよろこぶごとく吾は来て何も一とせのはからひもなき／（中略）二日　街上の反吐《へど》を幾つか避けながらありかむわれのあてどさへなし／おもおもとおひかぶさりし／二日　一月の二日になれば

脱却の安けさにゐて街を歩《あり》けり（○印原文、『全集』二十七巻）

後世のわたしたちは、茂吉の私的な記録から、なにかよみとることができるでしょうか。あまり大したことが読みとれるともおもえません。

「街上の反吐」の歌の下《しも》の句は、初案が「ありかむわれのあてどさへなし」（注―「ありかむ」は歩かむ、であって、歩こうとしているの意）であったと知ったって、どうということはありません。この下の句では、やはり平凡であり、ありあわせの下の句でおぎなっておいて、いずれここは、改作するつもりだったのだろうとわかるだけです。

さらに、この「街上」が、渋谷であるとか新宿であるとかいうことも、さしあたり余計な条件のようにおもわれます。正月の二日の街歩きであったということだけで充分のようにおもわれます。この作品は「歩けるわれは北へ向きつつ」の下の句によって、ひきしまっています。街の場所はどこでもよく、また街歩きの目的も、気にならない。ただ、自分の向っている方向が、（あたたかく明るいといった属性を暗示する）南ではなくて、その対極の北の方向であったということを言っているのであります。

なお、さきの歌の「……のぼり吾は来て」の語法を話題にいたしましたが、この「街上」の歌の場合にも、下の句は、「われは歩けり北へ向きつつ」では、どうしていけないかという質問が出るところかも知れません。ここは、「歩けるわれは」どうしたかというと「北へ」向っているのだ、ということでないとまずいのであります。「われは歩けり云々」では、街の道路の上にちらばっている反吐（嘔吐物《おうとぶつ》。正月のお酒に酔った人たちの吐いたものでしょう）をさけて歩いていいるというところに、作者の感慨がこもってしまいます。「北へ向きつつ」が、いかにも軽く付属的になってしまいます。

こういう、語法とか語順のちょっとした工夫。その操作によって、急に一首の焦点が、あるところへ、定まって行く。そういう言葉づかいのおもしろさ。材料（体験した中身）は、正月の街を歩きながら、道の上に人の吐いたものを避けて行く、それだけのことでありますが、一首に創《つく》り上げられて、こうして置かれてしまいますと、「北へ向きつつ」の「北」さえ、なにやら象徴性を帯びて読めるのであります。

わたしのいう小品としてのおもしろさは、このような歌のありかたを指しています。こういう歌を読むときのたのしさを知る。そこから、自分の体験を、歌のかたちにまで持って行く方法を、おのずから知って行く。この道のほかには、どうも、うまい短歌習熟の道はないようにおもわれます。

わたしは、ここ数年のあいだ、初心の人たち、あるいは初心ではないのだが、修学第一期から抜け出せないでいる人たちと接して来ました。そして、その人たちの実作について、そのつど、熱心にアドヴァイスをしたつもりです。また、作歌の基本としては、「型」を理解することが大切だ、というようなことを言ってまいりました。(「型」については、いずれ、のちに触れる予定です。)

しかし、どうも、効果があがらないようにおもえました。どうしてなのか、わからないといえば、一番正直な感想になります。わたしは、そこで、一生懸命、自分が、歌をつくりはじめたころのことを想い出そうとしました。また、今現在、どうやって歌を作っているのか、それを内省法によって、とり出してみようとしました。

結果として、わたしは、(ずい分とぶっきらぼうな言い方になりますが)わたしの接して来た初心の人たちは、わたしほど、短歌がすきではないらしい、とわかって来ました。

それでは、なぜ、短歌が大好きではないのか。他人の作品をよんだり、近代短歌史上の先人たちの歌をよんだり、現代の評判歌集をよんだりして、その味を、舌鼓《したつづみ》をうつようにして賞味することがないようであります。それでは、短歌が好きになれるわけがありません。

好きな歌をいくつも持ち、それを暗誦し、その歌を心のなかへ溶けこませてしまっているからこそ、その歌の語法であるとか、その歌が骨格としてもっている「型」であるとか、についての知識が、生きた知識となるのでありましょう。わたしは、愛が先にあり、知はおくれてくるという、この鉄則をわすれていたのです。

このようにして、細かく読みとることこそ、こまやかに歌うことであります。世上有名な名歌秀歌ではなくて、むしろつつましい日常を材料にして切り出された、一見なんでもなさそうな小品を、たのしんで読み、読むよろこびにひたるところから、わたしたちの日常の短歌的な表現方法が、ゆっくりと形成されていくのでなくてはなりません。

初句と結句

初句《しょく》と結句《けつく》とは、なんでしょうか。そこから入って行きましょう。

この手紙赤き切手をはるにさへこころときめく哀《かな》しきゆふべ　若山牧水

牧水という歌人について、みなさんが知っていらっしゃるかどうかは、この際「入門」書の知ったことではありません。あくまで、この一首（『別離』という本に載っているのですが）に即してかんがえてみたいと思います。そうすると、初句とは、「この手紙」であります。五音《おん》七音五音七音七音とつづくのが、短歌です。そのはじめに出てくる五音が初句です。初句。はじめにあらわれる詩句。そこに大きな意味があります。

初体験。初対面。そういう場合の〈初〉の持っている意義。それは、一首の短歌でも同じなのです。読者は、その一首に接するとき、まず、初句の五音によって、最初の印象を得るのです。やはり、これは重い現実なのです。

ついでに結句（あるいは、結びの句）についても言っておきますか。牧水の右の歌でいえば、「哀しきゆふべ」の七音が、結句であります。（若山牧水は、いわゆる自然主義の作家と言っていいとおもいます。けれども、そういうレッテルと関係なく、かれの歌は、すこぶる浪漫的なのです。ある意味では、与謝野晶子《よさのあきこ》や白秋にかよう浪漫派の歌人だと言えましょう。）〈けふもまたこころの鉦《かね》をうち鳴《なら》しうち鳴《な》らしつつあくがれて行く〉なんて歌が、牧水の歌集『別離』にはあります。「あくがれて行く」と言っていますが、なにに対してあくがれを持っているのかは、明言していません。明言していなくてもいいので、明らさまにそのことを言っていないからこそ、わたしたち読者の側の空想はふくらみます。

〈幾山河《いくやまかは》越えさり行かば寂しさの終《は》てなむ国ぞ今日も旅ゆく〉という、あまりにも有名な牧水の歌についても、同じようなことがいえます。実は、〈けふもまた……〉は〈幾山河……〉の歌と同じ連作のなかにあるのです。タイトルは、意外に散文的で

「中国を巡りて」というのです。この「中国」は、むろんあの中国大陸ではなくて、日本の中国地方のことです。もう一首（九首のうちの一首）の歌は〈峡縫ひてわが汽車走る梅雨晴の雲さはなれや吉備《きび》の山々〉でありまして、この連作が、中国地方の旅から生まれていることを示していましょう。

さて、折角、牧水の三首の歌を出したのですから、初句と結句の考察も、この実例に即応させて説いてみましょうか。初句と結句を対照させて書いてみます。（上が初句、下が結句）

けふもまた――あくがれて行く

幾山河――今日も旅ゆく

峡縫ひて――吉備の山々

こうなりましょう。なににでも初めはある、しかし、終りをまっとうした者は少ない、といったのは昔の中国人でした。まさに名言、金言とは、このことであります。短歌でも漢詩でもそうなのですが、初めの辷《すべ》り出しはよろしいのですが、結句で失敗している人が少なくありません。なぜでしょうか。

わたしの考えでは、あまりにきっちりと辻《つじ》つまを合わせようとするのが間違いなのです。牧水のこれらの歌をみて下さい。

かれは「けふもまた」と言いました。こう詠みはじめた時、かれには、結句の予想はついていないと見るべきです。まさかこの一首が「あくがれて行く」という終結を得るとは思いがけなかったのです。この心ばえ、この心がけ。それが大切です。或る意味で、歌いはじめと歌い終りは――初句と結句は、無限の距離にあるべきです。はじめから結句のわかっている歌など、だれが詠むでしょう。初句にはじまって、第二句、第三句と進んでいくうちに、予想外の言葉があらわれてくる。そのたのしみにこそ、短歌のすべてがあります。短歌は、たったの三十一文字ですが、三十一文字の一行詩ではなくて、五つの句をもった分節的な詩であります。分節をもつところに、ひそかに、この短詩型の生理が息づいている、と思うべきなのです。辻つま合わせをしてはいけないというのはこの意味なのです。

それにしても面白いとおもうのは、牧水のこれらの作品の初句と結句が（はじめから計算されたものではないにもかかわらず）究極のところで、手を結んでいることです。これは、作者が、辻つまを合わせようとしてやった結果そうなったのではありません。無意識のうちに、両者は呼応してしまっています。呼応しているというのは、初句が結句を呼び寄せている、という関係にとって下さっても結構です。

〈けふもまた……あくがれて行く。〉

〈幾山河……今日も旅ゆく。〉

〈峡縫ひて……吉備の山々。〉

こんな風に書き出してみると、このことがよくわかります。やや強引な接着をここみてみますと、筋がとおっています。「あくがれて行く」のは、なにに対しあこがれていくのでもよろしいでしょう。

ある注釈者によりますと、この歌は、「みずからを西国巡礼の行者に擬した漂泊の思い」を歌ったものだと言います。(『日本近代文学大系 17』森脇一夫《もりわきかずお》による。)そう解釈してみても「あくがれ」る対象は、明示されることはなく、そこに読者の側からの解釈と受容の余地が出来ていることは、前に言ったとおりです。

「幾山河」の歌にしても同じくであります。「越えさり行かば」の「越えさり」は、「越え移り」の意で「さり」は進行・移動の意味だと、前記の森脇氏は説いています。幾つの山と河を越えて旅して行けば、この胸中の寂しさは消滅することであろうか、永遠に消えないのではないだろうか、と思いながら、今日も旅をすることである、といった大意かとおもわれます。「国ぞ」で一たん切りまして、結びの七音へ微妙な転換をはかっています。「……と思いながら」とわたしは、ここのところの転換を解してみました。第四句（終《は》てなむ国ぞ）と結句（今日も旅ゆく）とのあいだには、不思議な関係があるようです。結句は、第四句から飛躍しています。溝か川かを力一ぱい飛びこえているような印象です。

それなのに、「幾山河……」という初句とは、よく釣り合った結句のように思えます。つまり、初句は、舞踏の最初のステップなのです。ゆったりと、あるいは、かろやかに、行くあてどもないように、踏み出す足は、しかしながら、あくまで、前へ、前へと行く。この「往路」は行きっぱなしでは、歌になりません。「行きて帰るところだ」と古人もいいました。「幾山河……」の歌でこれをいえば、往路は、第四句の「……国ぞ」までは行きっぱなしです。ここで、一つの果てまで来た作者のこころは、一気に結句によって帰り路に入ります。ブーメランのように、作者のところまで、一気に引きかえす。その強い力を、「今日も旅ゆく」は内にひめています。

詩歌は、おそらく実用の具ではありえないでしょう。歌集は、実用書だとはだれも思わないはずです。にもかかわらず、一首の歌は、現実生活の場において、わたしたちの生を支えることが、しばしばあります。その支持の力の源泉を、わたしは、初句と結句のあいだに張られた一本の糸の張力のうえに求めたいと思うことがあります。と同時に、初句の一歩の踏み出しにはじまって、往くところまで往き、どこかで帰り路に入る、その大事なポイントが一首のうちにはかならずあると思うのです。帰り路が、すべて結びの七音に集中しているという意味ではありませんが、すくなくとも、帰り路の重要な要素の一つが、結びの句なのです。

「峡縫ひて……」の歌の解釈も、一応ここで示しておこうと思います。山峡を縫うようにしてわたしの乗る汽車は走っていく、梅雨の晴間の雲が、ここ吉備《きび》の山々には、たくさん（「さは」は多くの意）に群れていることであるよ。まずは、そんなことでしょうか。

若山牧水は、明治十八年、宮崎県東臼杵《ひがしうすき》郡東郷村坪谷（現・日向市東郷町坪谷）というところで生まれました。明治十八年は、一八八五年でありますから、本年（一九八五年）は牧水生誕百年にあたります。牧水は、やがて上京して早稲田《わせだ》大学に学ぶのでありますが、いま挙げてまいりました作品は、早大在学中の明治四十年の六月下旬に、中国地方を旅行した時のものです。年譜によりますと、「六月下旬、友人とともにに帰着の途につき、京都御室《おむろ》の仁和寺《にんなじ》に遊び、神戸で友人と別れてから一人旅となって岡山から徒歩で高梁川《たかはし》に沿うて、新見《にいみ》、東城《とうじょう》など中国山脈の奥地を踏破、宮島、山口、下関《しものせき》、耶馬《やば》渓《けい》などを経て七月中旬に帰郷、『幾山河』など多くの名吟を得た」（前掲書）ということであります。

牧水は、この時二十二歳でした。ちなみに牧水は晩年、沼津《ぬまづ》に住み、昭和三年四十三歳でその地に没しています。

さて、初句は、なるべく軽やかに踏み出した方がよい、とわたしは言いました。そして、結句は、往きて帰るときの帰る部分、出発点へ一気にひきかえしてくるところだと申しました。

それでは、わたしたちは、一首一首の歌をつくったあとで、初句を点検し、結句を吟味しつつ改作するだろうか、といえば、そういうことはすくないのです。前回にも斎藤茂吉の『手記』についてふれたことですが、一首が、メモの段階において、すでにほとんど完成態をとっていることも多いのです。これは、一気にうたい上げられたような調子の牧水の若書きの場合、とくにそうだったようにも推測されます。それでは推敲《すいこう》はなされていないかといえば、おそらく否です。

わたしたちは、歌を作りながら、無意識のうちに、言葉の取捨選択をしています。たとえ紙の上では、消したり加えたり転倒したり挿入したりする作業はしていないにしても、頭の中にひろげられた紙の上でそれをしています。作歌は、おそらく、そのような細《こま》かい点検作業の、地味なつみ上げの上になされる手づくりの仕事なのです。

初句と結句。そこにばかり注目してもいい結果が生まれるとは限らないでしょうが、まず、短歌を構成する五つの句のうち、もっとも重要な、この二つの句に気をくばってみることです。作品がうまく出来あがっていない時、初句を置換したらどうか、と考えてみて下さい。

また、結びの句のあり方が、どうなっているのか、ちょっと点検してみることです。

型について

斎藤茂吉という歌人は、近代の大歌人でありますから、この人の言葉などに従って、歌を学ぶ、歌を作るというのは、王道であろうかとおもわれます。ところで、茂吉が昭和十七年に書いた「定跡《じょうせき》」という文章を読みますと、次のようなことを言っているのであります。

将棋や碁には定跡があり、柔術、剣術にも型があり、相撲にも手といふものがあつて、その道に入つて、専門家として飯を食ふやうになるには、是非ともこの定跡・型・手からして学んで行かねばならぬ。

こう、まず言っています。それでは、短歌の場合にもそういう「定跡」――つまり、型とか手とかいうものがあるのかどうか。そういうものが本当にあるのなら、型や手を、いくつかに分類してあげてもらえると、後進のものには便利でありましょう。

茂吉は、続けて、こう言っています。

そんなら、歌や俳句には、定跡に当るやうなものはあるかどうかといふに、歌や俳句は勝負のはっきりしてゐないものであるから、従って、定跡のやうなものの有無もはっきりはしてゐないが、やはり定跡に当るものがあると考へていいやうである。

一言でいえば、「定跡」はある、というのでありまして、これは朗報であります。では茂吉のかんがえる定跡とは、なにか。茂吉は別に、箇条書き《かじょうが》にしているわけではありませんが、ここは一つ、わかりやすくまとめてみましょう。

一、短歌の形式は、五音《おん》、七音、五音、七音、七音の五句、三十一音律（五つの句から成り、全部で三十一の音《おん》によって、律《リズム》をととのえている、という意味）だから、この五句の構成と、各句の音数を厳密に守ることを学ぶ。これが、定跡の一つである。

二、万葉集巻《まき》一の歌、できれば巻二までの歌をくりかえし学べば、短歌の「調べ」を自分のものにすることができる。さしあたり、万葉集巻一の歌を「大体の定跡と考へて好い。」

万葉集巻一を、素手でつかまえることは、なかなかむつかしいだろうとおもいますが、とにかく、昭和も戦前までの入門書には、こう書いてありましたし、また、みな、万葉集を（多くは、注釈つきの本によって、でありますが）座右に置いたのでありま す。この常識は、おそらく、今では通用しにくくなっています。なぜそうなったのか、そして、四、五十年前の歌の入門者たちは、なぜ、万葉集を、まず第一に学ぼうとしたのか、これは、一度、かんがえておいてよいことかとおもいます。

さて、茂吉は、次のように警告します。

右の定跡（注―万葉集巻一を手本にして体得した型）を体得したものは、作歌力量はずんずん伸びるし、右の定跡を体得しないものは、形態がくづれて、いつまで経つても素人の域を脱することが出来ない。つまり、いはゆる「お素人《しろと》がた」の境界で、甘やかされて、独善に彷徨してゐるにとどまることになる。生《せい》を写《うつ》すべき大切な技法も、「おたのしみのお道楽《だうらく》」で満足すべき程度に終始して、をはりを告げることになる。

ここで「お素人がた」とか「おたのしみのお道楽」とか茂吉が呼んでいることに、反発してはいけません。茂吉によれば、定跡をマスターすることは、すなわち、おたのしみの域を脱して、プロの芸域に到達する最短路だというのですから、こんないい話はありますまい。

短歌は、なんといっても、日本人には親しい詩型ですし、百人一首などを通じて一応、そのなりふりやかたちは知られています。それだけに、安易に歌のかたちにまとまってしまうことが多いのです。自分では一応知っているつもりの短歌の常識を、一度、はっきりと、別のものへとつくりかえる必要があります。この際、〈別のもの〉

といったのが、つまり、古来短歌が持って来た「型《かた》」のことであります。

斎藤茂吉とか、島木赤彦《しまぎあかひこ》とかいった人たちは、この型を修得するために、万葉集という古典を用いました。だから、自分たちがそうだったように、他人にもその方法の実施を説いたのだとおもいます。

〈別のもの〉につくりかえる方法には、いろいろなやりかたがあるでしょうが、古典短歌を使うのも、その一つです。なるべく、自分の知らない相手とつき合った方が有効のようにおもわれます。その意味では、万葉集巻一を使ってみよ、という茂吉のすすめは、今でも、一定の効力をもっているかも知れません。

なにはともあれ、実行してみなければ話がはじまりません。幸い、『万葉秀歌』（岩波新書、上下二巻）という、茂吉自身の選んで注釈した本が、ありますので、これを使って演習してみましょう。

たまきはる宇智《うち》の大野《おほぬ》に馬並《うまな》めて朝踏《あさふ》ますらむその草深野《くさふかぬ》　（巻一・四）

『万葉秀歌』のはじめに、この歌がでています。定跡《じょうせき》とか型《かた》とかいう以上は、こういう古典作品を読むときに、わたしたちの作歌の上にも、すこぶる大切な指示が与えられるということでなければなりません。

すなわち、古典作品とわたしたちの歌とのあいだに、共通の要素が、含まれているということであります。その共通の要素さえ、しっかりと把握できるならば、これは、有効な「型《かた》」として作用するでしょう。

まず、五・七・五・七・七の音数律の件（これも定跡のひとつだと茂吉は言っていました）に話を限りますと、この巻一・四の歌は、正しく五句三十一音を厳守しています。

ころがりしカンカン帽を追うごとくふるさとの道駈けて帰らん　寺山修司

かの山をひとりさびしく越《こ》えゆかむ願《ねがひ》をもちてわれ老《お》いむとす　斎藤茂吉

短《みじ》か世のつまと思へばうら愛《かな》しひとりのときの涙しらすな　中村憲吉

新しい時代から古い時代へと、三つの実例をあげてみました。どの歌も、五句三十一音の定跡を守っている点において、古歌（万葉集巻一・四）と共通しています。このことは、いくら強調してもしたりないくらい大切なことであります。

たとえば、寺山修司でいうなら、

夏帽のへこみやすきを膝にのせてわが放浪はバスになじみき

という歌があります。この歌の第三句は、「ヒザニノセテ」となっていて、五音であるべきところを六音にしています。

みづうみを見おろす山はあかつきのいまだ中空《なかぞら》に月かがやきぬ　茂吉

これは茂吉の歌ですけれども、第四句が八音《おん》になっており、一音の余りであります。憲吉では、次のようなものをあげてみたいとおもいます。

部屋《へや》の隅《すみ》に眠《ねむ》らしめつつみどり児《ご》にこと語《かた》り居《を》りわかき母《はは》あはれ

この歌では、第一句（初句）は六音化していますし、結句（第五句）は八音化しています。いずれをとりましても、厳密な意味では定跡《じょうせき》をやぶっているのであります。五句三十一音の定跡を破るのは、あくまで例外でありますす。例外は、止むを得ない理由がないかぎり、許容すべきではありません。例外であるはずの音数律破りが、どのように歌壇の作品にありふれているといたしましても、初心の人は、それはあくまで、自分たちの目標外のものとして、読み過ごしたほうがよろしいかとおもいます。

ここにあげた修司、茂吉、憲吉の破調《はちょう》（三十一音の定型からはずれた歌を破調といいます）の歌は、それぞれに、なかなか味わいの深い歌でありますから、にわかにクレームはつけにくいのでありますけれども、それでも詩神の絶対性をとうとぶなら、遠慮すべきではありません。

「部屋の隅に……」という憲吉の歌で申しますと、「部屋の」の「の」は、はたして必要だったでしょうか。「わかき母あはれ」には、結句を重くして、一首の歌のすわりをよくするという機能がわりあてられていますので、にわかにこれに反対すべきではないのではないか、とかんがえます。

けれども、「わかき母」（これは、憲吉自身の妻のことを、このように把《とら》えたのでありまして、かなり高度な技法であります）という表現に対して、「わが妻」という表現は、代案として当然かんがえられたことだったろう、と想像してもよいのでありま す。「わが妻」とすれば、七音におさまるのに、そこをもう一つ押して「わかき母」と言わずにおれなかった作者の心情はよくわかるのでありますが、そしてまた、「わが妻」と言わないで、客観視した視点から「わかき母」と言ったからこそ、この歌は奥行きが出たのであります。

そのことを、理解することと、もう一つ別に、音数律における一音の過不足のひきおこす不協和感は、よく知っておくべきであろうかとおもいます。（ついでながら、この中村憲吉の歌は、「初笑」という、長女出生の折りの連作のうちの一首であります。）

茂吉の「みづうみを……」の一首では、「いまだ中空に」の「いまだ」が疑問句かとおもわれます。「あかつきの」の「の」という助辞は、まことに微妙に、下の句へ渡って行きます。「あかつきの」で、あたかもちょっと切れるかのようにおもわせる。その働きを「いまだ」の三音がはたしています。にもかかわらず「いまだ中空に」の一音の余りは、この歌の場合、ないほうがよかったろうとおもわれます。

修司の歌にはあえて触れないで置きます。読者であるあなたが検討してみて下さい。

こうして見て来ますと、なるほど巻一・四の万葉の歌は、「馬並めて」とか「朝踏ますらむ」とか「草深野」とか「馬を並めて」「朝に（は）踏ます」「草深き野」といった字余り破調をよびおこしそうな部分、部分での省略語法、造語の力において、見事に、定跡《じょうせき》を守りぬいているといえましょう。その定跡厳守の結果が、飛躍のある語法となっているともいえますが、他面、まことに緊迫した語調を成就《じょうじゅ》しているのです。「宇智の大野」の「の」なども、やはり、そのたぐいの、調子をととのえるための「の」でしょう。

名詞をつかむ

定型の五・七・五・七・七を厳密に守るというところから、まず、短歌は始まる。そういう話をいたしました。

その実践が、なかなかむつかしいことは、やってみればわかるところです。ただ、定型にあわせて言葉を切って行けばいいというわけではありません。定型に従いながら、日本語として、自然に言い足りていなければならないのですから大へんです。

今回は、石川不二子《いしかわふじこ》の作品を例にとりましょうか。『定本歌集　牧歌』（不識書院刊）から引用します。石川氏は、農工大を出たのち、夫と一しょに島根県三瓶山麓《さんべさんろく》に入植し開拓者の生活をしたのち、今は、岡山県下の牧場に定住しておられます。このことをわざわざ言うのは、次のような作品が生まれる背景を知っていただきたいからです。

(1)水恋ひてからす揚羽のおとづれしはげしき夏も過ぎゆかむとす

解釈を試みます。からす揚羽《あげは》（黒色に美しい紋のある大がらの蝶《ちょう》）が水をしたって（いくたびも）やって来た、あのはげしい（暑さの）夏も過ぎようとしている、というのでしょう。すぐれた歌といえます。

歌を読み味わうときに、第一に大切なのは作者の立場に自分も立ってみるということでしょう。一言にいえば、そういうことですが、これも実行するには、想像力がいります。また、つねに作歌に苦労している人であってはじめて、作者の立っている困難な状況がわかってくるということも本当です。

山の中に入植して開拓者の生活をしている農業者が、はげしい夏を経験したというのです。その夏のはげしさをどう言いあらわせばいいのか。

〈型〉という考え方は、ここでも有効です。短歌には、一つの表現を成しとげるための近道がある。それが〈型〉であります。初心の人の作る歌をみていますと、この近道のことを知らなくて、いたずらに遠まわりしておられます。

この歌の場合、ただ、やみくもに、烈《はげ》しい暑さの夏であった、その暑い夏もすぎて行こうとしている、とだけ言っていては、短歌になりません。たとえ、五・七・五・七・七の定型にはあてはまっていても、短歌としての力を充分発揮したことになりません。

不二子の歌では、「からす揚羽」という虫をここへもって来ました。「はげしい暑さ」という、大まかで抽象的な言い方では達することのできない、表現の中心へ、この「からす揚羽」によって到達しようとしたのです。

いろいろな先生たちの指導の言葉を聞いていますと、

〈具象的であれ。〉
〈物をつかまえよ。〉
〈事物によって心を語れ。〉

などという言葉が、しばしば聞かれます。

みなさんも、おそらく、結社の歌会の席で、教室の実作指導の場面で、あるいはまた、添削による通信教授の批評のなかで、こういう言葉に出あったのではありませんか。

〈デッサンができていない。デッサンの習練をせよ。〉

こんなふうに言われたこともありましょうね。これが、なかなか、むつかしいところですよね。コンテや鉛筆をつかって、石膏像《せっこうぞう》をスケッチするわけではありません。あくまで言葉をつかってする作業ですからね、文芸というのは。

具象的であれ、とか、物をつかまえよ、というのは、わたしがここで言っている、「からす揚羽」を持ってこい、ということと同じことなのです。

従って、まず、心の中で、一つの「名詞」(事物をあらわす呼び名)をよびおこすことです。

はげしい夏を経験し、その夏が去っていく時、夏の印象をもっとも鋭くあらわしている事物の名称はなんだろうか、とかんがえてみます。

入道雲。夏帽子。プール。ねぐるしい夜。クーラーの音。汗。炎天下の労働。等々、いくつもいくつも、記憶のなかから「名詞」がうかんで来ましょう。こういう言葉のなかで、どれが、一番適切か。どれが、短歌の核としてうまく働くだろうか。

ここに、言葉さがしの段階が、あります。そして、次々にあらわれた候補者(言葉のむれ)のなかから、どれかを選ぶという、選択の段階が来ます。

言葉さがしの段階は、現実に、メモ帳とか日記とか、回想とか、いろいろな手段を通じて行なわれることもありましょうが、大ていは、頭の中で、一瞬のひらめきによって、行なわれていくようです。天才的な歌人というのは、平素から、言葉の感覚がするどくて、また、体験の中核をつかみ出す直感にすぐれていますから、あたかも、日常茶飯事《にちじょうさはんじ》のように、最良の名詞を、さがし出してしまうのですが、わたしたちには、その真似はできません。

そこで、地味な作業が必要になってまいります。もっとも、ここで、わたしと同じようにずぼらで怠けものの作者を安心させるために一言いっておけば、「地味な作業」なんていったってそう努力のいることではありません。せいぜい一時間ほど、たとえば、この石川不二子の歌集『牧歌』のような、参考書を、ぱらぱらひらいてよむことでもよろしいのです。手もとの新刊雑誌でもよく、また、『広辞苑』くらいの中辞典でもよろしいでしょう。参考書は、この場合、言葉の花園――いや、「名詞」の花園とかんがえておいた方が、便利です。

「名詞」の花園を散歩しながら、あの花を見、この花にさわり、匂いを嗅《か》いだりしているうちに、あなたの一夏の体験の中核に、ぴりぴりっとさわって来る言葉が発見されれば、しめたものです。一冊でだめなら、さらに次の一冊へ移ればいいのです。

こうして、「名詞」の花の採集が終りますと、わたしたちの体験のなかの、思いがけない部分をゆりうごかして、思いがけない「名詞」が集まって来たのを感ずるはずです。

「水恋ひて」の歌と並んで、次の歌があります。

⑵水飲みにいつもくる黄蝶・黄揚羽の群に今日まじる紋白蝶《もんしろ》一つ

⑶あをき松毬びつしりつけし松の樹が鮮やかすぎる空に佇ちをり

⑵の「水飲みに」は、⑴とよく似ていますが、水飲みに来るのは、からす揚羽《あげは》ではなく黄蝶（紋黄蝶のことでしょうか）とか黄揚羽です。この蝶の呼称は、「名詞」にほかならず、おそらく作者は、紋白蝶をふくめて、四種の名詞を採集し、選択し、ここに作品化の手段として使いました。

わたしのみるところではこの作品は、三十一文字の定型からはみ出しているだけ、完成度はうすいのですが、とにかく、採取した名詞は、すべて作品化をこころみてみなくては、うまくいくかどうかわかりません。

かんがえているより、作ってみることです。⑶の作品では、やはり夏のおわりから初秋にかけての、かがやかしい青空をつたえるべく、「松の樹」がえらばれ、「松毬《まつかさ》」がえらばれています。この⑶も、初句《しょく》の五音《おん》が、字あまりになっていて、惜しい気がいたします。

⑷ひと山の砂けふ子等に与へられ幼き髪とこゑ光りあふ

この歌は、砂場の砂あそびの砂がひと山、子供たちに与えられた、その時のことをうたっています。いい歌だとおもいますが、どこがいいのか、それを見おとさないようにしましょう。

「幼き髪とこゑ光りあふ」という表現がすぐれている、という見方もありましょうが、そこまでわかっているのなら、今回、わたしが書いているような初段階の話は、およみになる必要がありません。「光りあふ」という表現（これは、名詞ではなく、動詞）のよさは、もうすこしあとの段階でとりあつかいたいとおもいます。

なにより、かにより、まず、「砂」であり、「ひと山の砂」です。「髪」であり、「こゑ」であります。これらの名詞を、しっかりとつかむことです。絵画とくらべながらいわれる場合の「デッサン」とは、まず、名詞の選択ということなのです。いわば、線描におけるたしかな線が、この名詞にあたるのかも知れません。

〈型〉を習得するならば、歌作りの上達の近道となるだろう、と、さきに申しました。五・七・五・七・七の定型を厳しく守るという基本律が、習得できたなら、第二には、一首のなかに、核心となるべき「事物」を据《す》えつける習練をなさってみて下さい。

たぶん、これが、第二の〈型〉になるはずです。「事物」を据えつけるには、その「事物」をさがして来なければなりません。ところで、「事物」には、一般に、名詞とよばれる呼び名がついています。だからこそ、名詞をさがし、最良の名詞を選びなさい、といったのです。

もっとも、同じ「事物」を言いあらわすのに、たくさんの名詞がつかわれる場合があります。辞書にいう同義語、同意語のたぐいであります。

また、言いかえをしたり、比喩《ひゆ》をつかったり、古語をもち出したりすれば、名詞の数もふえるでしょう。一つの状況を典型的に言いあらわす名称が、いくつもいくつもあっていいはずですし、だからこそ、その中から選択するときに、その作者の選出眼が競われるのです。

(1)の歌にもどって、もう一言つけ加えましょう。この歌には、たしかに中核語として「からす揚羽」がありました。しかし、名詞といえば「水」もそうであります。「夏」もそうでした。この二つの名詞のあいだの関係は、どうなったのでしょう。具象名詞としての「からす揚羽」や「水」が、抽象語の「夏」とちがっているのは、よくおわかりになるとおもいます。「夏」は、むしろ、歌のテーマだといってもよく、そのテーマに奉仕するために「からす揚羽」があったのです。そして「水」は「からす揚羽」という主体の目的語の位置におかれており、蝶に従属した名詞といっていいのでしょう。

個別化への指向

〈物〉をつかめ。〈物〉を写生せよ。〈物〉に即《つ》け。いろいろの言い方はありましょうが、この奨《すす》めは、単純に言い切ってしまえば、〈名詞〉を拾いあつめよ、拾いあつめた〈名詞〉から、とびきり、上等な名詞を選んで来い。そういう奨めになりましょう。万葉集の、巻《まき》一、巻二の短歌を、くりかえし読むことによって、「型」に習熟することができるだろう、という斎藤茂吉の勧告については、以前に触れました。

万葉集は、むろん、短歌集ではなくて、さまざまな詩型の詩を含んでいるのでありますます。それで、開巻まずぶつかるのは、雄略《ゆうりやく》天皇の「御製歌《おおみうた》」と伝えられる長歌謡でありますます。これは読みとばしてもよさそうでありますが、読みとばさないで、ちょっと見て置きましょう。

籠《こ》もよ　み籠持《こも》ち　掘串《ふくし》もよ　み掘串持《ぶくしも》ち　この岳《をか》に　菜摘ます児　家聞かな
名告《の》らさね　そらみつ　大和の国は　おしなべて　われこそ居《を》れ　しきなべて
われこそ座《ま》せ　われこそは　告《の》らめ　家をも名をも

わたしども、万葉集開巻第一首目のこの歌謡調の歌に、最初よんだときから、つよい衝撃をうけて来たのですが、そのわけは、どこにあったのでしょう。はじめて、この歌を読まれるかも知れない読者のため、中西進《なかにしすすむ》氏の口語訳を左に示しておきます。

籠《かご》よ、美しい籠を持ち、篦《へら》よ、美しい篦を手に、この岡に菜を摘む娘よ。あなたはどこの家の娘か。名は何という。そらみつ大和の国は、すべてわたしが従えているのだ。すべてわたしが支配しているのだ。わたしこそ明かそう。家がらも、わが名も。

さて、この歌の衝撃力は、「籠」と「掘串」という、二つの名詞——菜摘み用の道具の名——から、まず、やってくるのであります。もしも、この歌が第五句の「この岳に……」からはじまっていたとすれば、どうだったでしょう。第五句の「この岳に」からはじまっていたとしても、歌のこころざすところは、大よそ遂げられるかも知れませんね。

国文学の領域に入って注釈をこころみる気持ちは、わたしにはありませんし、また「短歌入門」には、その必要もないようにおもうのですが、最少限の知識として「菜摘ます児」の「菜摘」とはなんであったか、これは知っておかねばならないでしょう。「菜を摘むのは春の行事。新しく芽生えた植物の生命力を身に付着させるための野遊びで、国見の一種」（伊藤博《いとうはく》『万葉集全注』）というような解説もあります。「本来春の野遊びの若菜摘みの歌が、雄略《ゆうりやく》物語にとり入れられた一首」（中西進『万葉集』全訳注原文付）といった理解も、一首をよむ上に有益でしょう。有益とここでわたしの言う意味を、どうか、とりちがえないでほしいものです。一首の伝えようとしている内容が、これらの知識によって、より一そうはっきりしてくる、という意味ではありません。むろん、そういう面がないとは言いませんが、肝腎なのは初春の菜摘みの行事のために岡に来ている娘に、名を問い家を問うという、求婚の場面をえがくとき、なにが（どの言葉が）わたしどもにつよく働きかけたかという点であります。

天皇が（男が）女に向って自分の氏素姓《うじすじょう》をあきらかにする部分、「そらみつ……」以下のところは、対句《ついく》仕立てといわれる技法がつかわれています。この対句仕立てというのは、

おしなべて　　われこそ居れ
しきなべて　　われこそ座せ

という二行を対《つい》のようにとらえることができる、ということであります。一見同じようにみえる言葉ではありますが、「おしなべて」と「しきなべて」は、「おし」対「しき」の対立によって、一対のものといえます。この二つの言葉（「おしなべて」と「しきなべて」）が、まったく同じ意味を伝える言葉でありながら、「おし」と「しき」という二音において、違っているということ。同じことは、「居《を》れ」と「座《ま》せ」の対立にもいえるわけであります。

名詞の——とくに具象名詞の効力についてのべて来たのですから、ここで対句の効力などにふれるのは、横道に入っております。横道、わき道ではありますが、大事な

ことであり、また、結局は、名詞の効果についても、そこから認識をあらたにすることにもなろうかとおもってふれているのであります。

さて、話をもどしまして、天皇が娘に求婚のよびかけをするという、それだけのことならば、「児（女）よ」と、言っておいて、〈家聞かな　名告らさね〉といえば、それですむはずでしょう。

ところが詩歌は、実用のための道具ではありませんから、ただ、単刀直入に「家はどこか、お前さんの名はなんという、どうか、名のっておくれ」というだけでは、すまないのであります。

だれにでも言えそうで、挨拶《あいさつ》や儀礼のことばとしては、万人に知られていて、どの人のどのような場面にでもあてはまるような言いまわしを、《一般的な表現》と呼んでみましょう。

詩や歌は、《一般的な表現》をきらうのであります。《一般的な表現》から抜け出そうとするのであります。この努力の方向を《個別化への指向》と呼んでみましょう。《一般的表現》から、《個別的表現》への道すじが、《個別化への指向》であります。

短歌をつくっていて、この《個別化への指向》を、持つかどうかということは、歌人として、一段階をのりこえられるかどうか、を決定するといっていいのです。

この雄略《ゆうりやく》天皇の歌謡でいえば、

〈児、家聞かな、名告らさね〉

〈われこそは、告《の》らめ、家をも名をも〉

という部分は、いわば、《一般的表現》にちかい部分といっていいでしょう。この求婚宣言は、見知らぬ佳人を見出したときに男が言いそうな挨拶の原型を形造っていましょう。これだけならば、雄略天皇の御製歌《おおみうた》が、万葉集の巻頭を占め、わたしどもに、つよい印象をあたえるにはいたらなかったでしょう。

ここにこそ、この歌謡の作者（かりに伝承のいうままに雄略帝としておきます）が、それだけではあき足らず、もう一歩も二歩も、表現の個別化への階段を昇ろうとした、発条《ばね》がひそんでいます。

雄略帝は、まず、

〈菜摘ます〉

という、表現を思いつきました。ただ、自分の前にいる美しい「児」というだけではだめなので、その「児」に、もっともふさわしい言葉をえらぼうとしました。そして「菜」（新春の若菜のことであります）という、具象的な名詞をもって来たことが、成功の第一歩でした。「菜」といえば、セリとかナズナとかアブラナとかそういう個別的な植物名にくらべると、なんだか、一般的で、総称のようにきこえるかも知れませんが、古代の用語例では、若菜摘みといえば、それで、充分、個別的な植物名をおもわせたのでしょう。「菜」という名称語だけでなく、「摘む」という動作語が、大切なのではないか、という疑問も出てくるかも知れません。そのとおりなのですが、「入門」の階梯《かいてい》は、一歩一歩とすすむところに特長があります。まずは、名詞の話でありますす。それに「菜」と「摘む」とを比べますと、断然、「菜」の方が、具象性がありますす。表現として個別的であります。

次に、「この岳《をか》に」という、場所の指定が加わりました。たんに「菜摘ます児」ではなかったのです。この場所の指定は、個別化の段階を、もう一歩すすめる力をもっています。

雄略帝の構想は、ここまでで終ったわけではありません。最初にふれましたように、〈籠《こ》〉〈み籠《こ》〉〈掘串《ふくし》〉〈み掘串《ぶくし》〉

のような、さらに、細部にわたる言葉が発明されて来ました。これらは、名詞であり、道具（物）の名であります。これらの物は、「児」が、手にもったり腰にさげたりしている付属品でありまず。説く人は、「み」という「籠」「掘串」につけられた美称は、この道具（かごやへら）を所持している女の氏素姓《うじすじょう》をあきらかにする言葉だといいます。そうだとすれば、さらに個別化はすすむわけであります。つまり、普通一般に、その辺にころがっている平凡な〈籠《こ》〉ではない、特別な「み籠《こ》」をもっている。「掘串」ではなく「み掘串」をもっている「児」よ、とよびかけているのであります。

この歌の描写は、しかしながら、今、わたしがのべたのとまったく反対の方向から展開しているのではないか、といわれるかも知れません。そのとおりであります。「菜摘ます」という決定的に具象的な言葉は、順序としては、最後に出てまいります。はじめは、道具としての「籠」であり「掘串」であります。

名詞の出し方、といいましょうか、並べ方といいましょうか。あるいは、発見した名詞の「見せびらかし方」といいましょうか。これは、実は、自由であります。どのように並べて行ってもいいが、より効果的に、展開されればいいのであります。

この歌謡でも、たとえば、

〈おお、菜を摘む児よ〉

というところからはじまってもよかったのです。そして、はじめ大ざっぱに示したものを、のちに細叙《さいじょ》して行くことでもよかったのです。作者は、しかし、そうはしませんでした。細部から説きおこし、歌いはじめたのです。この歌謡の成功は、たぶん、名詞の出し方、並べ方、によっています。個別化の極点にあるような、道具の名称を、まず、言うことによって、読者（昔なら、聴衆というべきでしょうが）に、つよい印象を与えたのです。

型ということで話してまいりました。型を習得するのは、容易なことではありませんが、志さえもてば、道はひらけます。《表現の個別化》への努力を、まずは、名詞を選別するところからはじめましょう。

次に、名詞を、どのようにならべていくか。手駒《てごま》のくり出し方の問題であります。こうした、初歩的な操作に、くりかえしくりかえし挑んでいくうちに、短歌の「定《じょう》跡《せき》」（つまり型）が、自分のものになっていきましょう。

自然詠のはじまり

歌をはじめてから間のない人たちの前に立って、なん年かのあいだ、初歩の話をしたことがありました。「自然詠」という言葉を口にしたのも、その席でのことでした。「自然詠」という言葉そのものは、どうでもよろしいのです。もうすこし、わかりやすい言葉でいえば、「叙景歌」ともいえるでしょう。「自然詠とはなんですか」という問いが、その場で、いく人かの人から寄せられました。「短歌」とは、あるがままの感情を、そのままに三十一文字に託して行けばよろしいのであって、「自然詠という」のとはちがうのではないか」という質問だったのかも知れません。

しかし、いまふりかえってみると、「自然詠」というときの「自然」の意味に、とまどったあげく、そういう質問が出たのだったとおもわれます。

短歌の世界で「自然詠」というときは、これは「人事詠」といった対《つい》の言葉を相手にもっています。

自然詠＝山とか川とか、草や木とか、鳥獣魚介のような自然界の事物にふれて、感じたり、おどろいたり、感動したりした気持ちを、なんとかして、人に伝えようとするときに生まれます。

人事詠＝人間関係のさなかとか、自分自身の人生の行程において感じたところ、おどろいたところ、つよく感動したところを、人に伝えようと努力して、うたい上げた歌をいいます。

だから「自然詠」というときの「自然」は、〈おのずから〉という意味の自然とか、〈人間を含めて天地間の万物〉とかいった意味とはちがうのであります。

短歌という一つの山があるといたしまして、その山頂までのぼるには、いくとおりかの道がありましょう。「自然詠」から入るのも、一本の登山道であります。しかも、この道から入るのは、将来、歌作りの難路にさしかかったときに、よい経験になるのであります。わたしは、自分自身の体験から言っているだけではありません。せっかく、いいところまで行っていながら、中途で挫折する歌人たちをみていますと、「自然詠」という登山口をきらった人が多いようにおもえるのであります。また、途中からでも「自然詠」のおもしろさに気付いて、「人事詠」のかたわら、「自然詠」の訓練をした人は、のちになって「人事詠」の面でも、大きくのびるようにおもえて来たのです。

ここに、なん回か自然詠（純粋な自然詠）について、書いて置こうとおもったのは右のような理由からであります。

自然詠の勉強をはじめるにあたって、自然詠についての常識を、箇条書きしてみます。

一、自然詠は、けっしておもしろいものではありません。

二、自然詠は、うけ身の態度で作るものではなく、むしろ積極的に作り出すつもりでないとうまく行きません。

三、自然詠にも、上手と下手があり、上等のものと下等のものがあるのは、世の中のすべての現実とおなじであります。しかし、ここで練習しようとするのは、そういううまい、へたの区別には関係のない、自然詠の作りかたのことであります。うまくいかないからといって、止めてはならないのであります。

四、自然詠の根本には、まず、自然の美しさとか、自然の真実さに感動するこころがよこたわっていなければならない、とは、常識であります。しかし、わたしは、この点も、さしあたり、不問に付したいのであります。美的体験の深浅などというものは、案外に、手前勝手なもので、うぬぼれているにすぎない場合も多々あるのでありますし、また、およそ、ものに感ずるこころをもたない人が、そもそも短歌などという文芸に、興味を示すわけがないのであります。

五、自然詠と一口に言いましても、そのありさまは、人により場合により千差万別であります。けれども、そこに人の姿があらわれておれば、それは純粋型の自然詠ではありません。(というふうに、いま、約束をしておきましょう。)このことを、例をもって示してみますと、

千葉《ちば》の野を越《こ》えてしくれば蜀黍《もろこし》の高穂《たかほ》の上に海《うみ》あらはれぬ　長塚節

という歌は、モロコシの高い穂の上にあらわれて来た海をうたっていますから、自然をあい手にしている歌といってよろしいでしょう。しかしながら、「千葉の野を越え

てしくれば」と、野をこえて海へ近づいていく作者の姿がうつされています。だから、純粋型の自然詠ではないといっていいでしょう。そこで、この歌を改作して、

千葉の野のはたてに生《お》ふる蜀黍の高穂の上に海あらはれぬ　（改作）

としてみたらどうでしょう。「海あらはれぬ」というところからみて、作者の視点は、作者の歩みと共に動いているのがわかります。従って、間接には、作者の姿は、この一首（改作例）にも、うつされているのですが、あくまで間接であって、直接でありません。この改作例は、自然詠とよんでいいかとおもいます。

はじめにのべましたように、初心の人たちは、意外に、「自然詠」をきらっておられるようであります。きらっていないにしても、親しみを感じておられないようにおもわれます。この傾向は、とくに、女性の初心者において強いようにおもわれます。

あぢさゐの藍《あゐ》のつゆけき花ありぬぬばたまの夜あかねさす昼　『帰潮』

佐《さ》藤《とう》佐《さ》太《た》郎《ろう》の歌でありますが、この一首は高度の技巧を駆使して作られた自然詠の

一例といっていいでしょう。けれども、こういう歌は、とくに下《しも》の句の対句《ついく》的な夜と昼の対比と、枕言葉《まくらことば》の活用などのために、いささかきれいに出来すぎていて、初心の人には近づきがたいというべきかも知れません。

この歌については、なお、上《かみ》の句にも、ちょっとした仕掛けがもうけられてあります。「あぢさゐの藍のつゆけき花」という、言葉の順序であります。ごく散文的に言うならば、藍いろをした、「つゆけき」「あぢさゐの」「花」は「花」とつけておくところでしょう。それを、わざとのように順序をかえて、「あぢさゐの」「藍のつゆけき」「花ありぬ」というふうに構成しているのであります。

これは、むろん、五音《おん》七音五音という、上の句の音数の約束によるところが大きいでしょうが、それだけではありません。五・七・五という音数の約束だけなら、もっと普通の語順によっても、満足させることができるはずであります。作者は、どうしても「あぢさゐの」と初句において言いたかったのであります。「藍の」とさらに続けたかったのであります。

これは、すこし、むつかしい議論になるかも知れませんが、自然詠の本質とふかいかかわりのある議論でもありますから、がまんをして聞いて下さい。

アジサイノ

アイノ

このように書くとわかるように、「あぢさゐの」の最初のア音は、第二句（「藍のつゆけき」）のはじめのア音と、同じ音《おん》であります。このように、句のはじめの音《おん》が、同一の母音《ぼいん》（アイウエオの音）をとっている場合は、〈頭韻《とういん》〉的であるといいます。わざとそうしたわけではありませんが、作者の口をついて出て来た言葉が、おのずから、母音を共通にした「あぢさゐ」と「藍」であったというわけであります。このように、母音が重なることは、詩歌の言葉の進行のぐあいに、一つのはずみをあたえます。言葉のすべり具合をなめらかにいたします。このなめらかさは、読むものに、一種のこころよい感覚をさそい出すのであります。

同じことは、〈アジサイノ〉の〈ノ〉と、〈アイノ〉の〈ノ〉とのあいだにも生じています。あるいは、もう一つ前の語音をとって〈イノ〉という、両者に共通の部分に注目してもいいでしょう。

さらに、下の句に目を転じますと、この下の句は、

ヌバタマノ　ヨル
アカネサス　ヒル

という一対《つい》の句から成り立っているのは、前にのべたとおりです。しかも、ここにも〈ヌバタマノ〉と〈ノ〉が存在します。ノという音は、めずらしい音ではありませんし、この〈ノ〉は、助詞の「の」でありますから、上の句における二箇の「の」と同じようなはたらきをしています。（もっとも、「ぬばたまの」という語は、枕言葉《まくらことば》で、原義は忘れさられてしまっているくらい古い、呪力をもった表現ですから、簡単に同じはたらきの助詞だなどと言ってはいけないのかも知れません。しかし、まあ、形式の上では、よく似たはたらきだといっていいでしょう。）

このように、あじさいの花を讃《ほ》め、その花の昼となく夜となき、「つゆけき」存在感を表明しようとした一首の中には、作者の語感にみちびかれて出現した、さまざまの言葉の仕掛けが、かまえられています。

自然詠にも、いろいろの形態がありますので、のちにのべるつもりの土屋文明の自然詠などは、これとはまったく別の味わいをもっているのですが、ともかくも、自然詠の第一のタイプともいうべき、佐太郎のそれは、このように、①語の順序、②枕言葉を含む特殊な言葉づかいの導入、③部分を拡大・強調したり縮少・省略したりする変型の手続きなどなどの、技巧と工夫によって、表現が死んだり生きたりするのであります。

このことは、短歌表現一般に通ずる特質のようにもおもえますが、とくに自然詠のような種類の歌にいちじるしい特徴であります。このことを逆の側から言うならば、そうした、こまかい言葉への配慮をおもしろがるこころがないと、自然詠は、なかなか上達しないということになりましょう。

純粋型の自然詠は、外界の自然の姿のうちに、作者自身の姿をかくしてしまう忍術の詩法だともいえます。あるいは、また、細微の技巧と言葉の操作のうちに、作者のこころをかくしてしまう魔術の詩法だともいえましょう。おのれを一度、かくしたり殺したりしてから、再び、外物によってあらわす詩法だといっても、まちがいではありません。

自然の変化に注目する

自然詠をつくるコツのようなものについて、もうすこし、話を続けます。一つは、変化に注目してうたうということであります。自然（前に言いましたように、外界の山川草木鳥獣魚介天象地象を指しています。むつかしい定義をして使っているわけではありません）といいましても、さまざまであります。その中でも、自然が様相を変える一瞬をとらえるようにつとめるべきであります。かわりばなを叩け、といってもいいかとおもいます。

春まだきの明るき庭をとぶ蜂が縁をよぎりていづこに行きし　『帰潮』

佐藤佐太郎の作品の一つをあげました。佐太郎の歌は、多彩な技巧によって支えられた高級な作品が多いので、初心のうちは、なかなか参考にしにくいのですが、右のようなわかりやすい歌は、多くのことを教えてくれましょう。

歌の解釈は、早春の明るい庭をとぶ蜂《はち》が、ここの縁がわをすぎて（よこ切って）とんで行ったが、あの蜂はどこへ行ったのだろう、というのであります。

庭に蜂がとんでいる、とだけ言うのなら、これは、変化ではありません。その蜂が、縁先をよこぎった、という一瞬をとらえたから、この歌に幅がでて来ました。「いづこに行きし」という、作者の想念のようなものが、この歌の場合、かなめになっているようにもみえますが、おそらく、そうではありますまい。この結句《けつく》（五、七、五、七、七、の最終の七音《おん》）は、やや軽く、添えられたおもむきであります。「縁をよぎりて」という一瞬の把握《はあく》が、あくまで、大切であります。

「係恋《けいれん》に似たるこころよ夕雲《ゆふぐも》は見つつあゆめば白くなりゆく」という歌が、同じく『帰潮』にありまして、歌としてはこの方が有名であります。これも、「見つつあゆめば」夕雲が（赤く夕日に染まった色から、だんだん変化して）「白くなりゆく」というう、雲の色の変化をとらえている歌であります。（「係恋に似たるこころよ」というのは、解釈のむつかしいところでありまして、こういうのを無理に平俗語に翻訳するのも、どうかとおもうのですが、さしあたり、ずばり「あこがれに似たようなこころ持ちであるよ」とでも言っておきましょうか。夕雲を見ながら歩いている作者のこころ持ちを、そう言い切ったのでしょう。この心境と、夕雲の色の変化とは、即《つ》かず離れずの関係にあるのは、言うまでもありません。)

自然は、たえず動揺し、変貌をくりかえして、日々あたらしいし、時々刻々に珍しいのでありますが、わたしどもの言葉は、その微妙な変化について行けるほど多種多様ではありません。だから、自然の変化のありさまをとらえるといいましても、ほんのその一つの面をなぞるにとどまるのであります。

これは、言葉という万人に通ずる一般性をもった道具の、幸福でもあり不幸でもあります。便利さでもあり、不便さでもあります。だから、写真であるとかビデオであるとかいった視覚にうったえる映像とは、いささかことなる使い方をいたしませんと、うまく臨場感が出てまいりません。

さきの「春まだきの……」の歌について、いくつかの注記をしておきます。

庭をとぶ蜂《はち》というのが、作者の最初の発見だったのであります。しかし、これだけでは、歌になりません。第一、平凡であります。飛ぶ蜂ぐらいなら、もう、なん人もの人が、歌にうたってしまっていましょう。

そこで、たんなる庭ではなくて、「明るき庭」だという指示がなされます。この「明るき」などという限定も、言葉のもっている抽象性の一つのあらわれであります。なぜなら、もし、これが映像の世界ならば、「明るき」の明るさの程度が、如実に表現されましょう。うんと明るいのか、それとも、それほどでないのか。日の光りが、あまねく差している晴れた日の明るさなのか、それとも、相対的な明るさなのか。また、この「明るき庭」には、早春特有の澄んだ空気があり、常緑樹のみどりがあるのか、なにかの花が咲いているのか。これらの細部の表現においては、一枚のカラー写真といえども、言葉（言語芸術の一つとしての短歌）よりも、雄弁であります。

言葉は、細部の再現力についてはは無力であるかわりに、大づかみに、印象としての「明るさ」を、たった四拍の音《おん》によって言いあらわすことができます。光景の細部については、むしろこれを、読者の想像力の側に、ゆだねています。

さらに、「春まだきの」という、季節の指定についても、注意すべきです。

一般にいって、作品に立体感を与える方法に、

①　時の限定

②　場所の指定
③　場面の導入

の三つがあるのは、服飾におけるT・P・Oの原則と似ているので「T・P・Oを入れて一首をまとめよ」というふうに、平素から説いているのであります。

「春まだきの」は、古語をつかって、早春の季節だといっているのです。「明るき庭」は、だから、たんに、いつの季節の「明るき庭」でもなくなります。夏でも、冬でも秋でもない。春の、それも春早いころの「明るき庭」なのであります。短歌は、俳句とちがいまして、「季語をかならず入れなければならない」というような約束は持っていません。しかし、由来、抒情詩《じょじょうし》の原則として、季節感を重要な背景に負っている点は、俳句とかわりありません。

こうしてみてまいりますと、「春まだきの」という初句《しょく》（五・七・五・七・七のはじめの五音）は、直接には「庭」にかかる修飾句でありながら、遠く、「蜂《はち》」にまで及ぶ効果を蔵していることがわかります。

この蜂は、よわよわしげに部屋に這《は》っている冬の蜂ではありません。夏の烈日の下をとぶたけだけしいかれらでもありません。また、秋の日の下に群れている稚《おさ》ない蜂の姿でもありません。春先の庭の、そろそろ万物が春の気配を察してうごきはじめたころの蜂であります。「縁をよぎりていづこに行きし」という、やや甘美な歓声は、以上のべて来たようないろいろな限定の上に、成り立っています。

もう一つつけ加えて置きたいことがあります。文語的な表現ということであります。現代短歌の世界には、さまざまな考え方の人がいますから、あるいは、みなさんの周辺にも、現代口語にちかい平易な言葉遣いをすすめる人もおられるかも知れません。たとえば、「春まだきの」と言わないで「早春の」というがごときであります。「縁をよぎりて」なんていうのも、「縁先をすぎ」等々に言いかえることができましょう。「いづこに行きし」も「いづこへ行きし」（「に」を「へ」としただけで口語くさくなります。言うまでもありませんが、口語といっても、いわゆる〈はなしことば〉ではありません。〈はなしことば〉にちかい〈書きことば〉であります。）とかえてみたり、「どこへ行きしか」「どこへ行ったか」等々に、いくらでも口語的表現へと、位相をかえることができます。

わたしは、しかし、そういう考え方には賛成しません。すくなくとも、基礎として、基本としての短歌は、あくまで、文語的表現に立脚するものであるとおもっています。

そうであればこそ、記紀歌謡にはじまり万葉集をへて近世和歌にいたるヤマト歌の伝統につながることができます。また、豊富な語彙《ごい》を古典からとり入れることができます。

そういたしますと、この佐太郎の歌を実例として考えて来たすべてのことは、「春まだきの」とか「縁をよぎりて」とか「いづこに行きし」とかいった、語彙のひろさ豊かさということと無縁ではないということになってまいります。はじめから、このぐらいのひろがりをもった言葉の海に身をうかべておりませんと、「春まだきの……」という歌は出来てこないのであります。

降りいでて漸《やうや》くしげき寒《かん》の雨なみだのごとき過去が充《み》ちくる　『帰潮』

（ルビは引用者の補足あり）

もう一首、とりあげて、今回の論議の補足をしてみたいとおもうのです。

右の一首は、下《しも》の句が、いかにも切れ味のよいすぐれた表現でありますので、そこに目をうばわれやすいのでありますが、ちょっと立ちどまって、上《かみ》の句に注目してみたいのであります。なんでもないようにみえますが、雨が、最初ぱらぱらとふりはじめて、やがてだんだんとはげしく降る。そのありさまは、まさに、さきに言った自然の変化相といっていいでしょう。よく見ると、これだけの短さに、「寒の雨」という限定が一つ入っています。いつの雨でもいいのではなく、これは、「寒《かん》」のさい中に降る冬の雨であります。

さきの蜂《はち》の歌でも、作者は、おそらく室内に居て、庭にとぶ蜂をみていたのだろうとおもわれます。この寒の雨の歌の場合でも、作者は、部屋のなかに居て、雨を聞いているのでしょう。

「降りいでて漸くしげき寒の雨」ただこれだけでありますが「降りいでて」と時間の要素を先ず入れています。そして「漸く」と言って、さらにその時間を延長し、「しげき」という簡潔な古語をここに使っています。こういう、ひきしまった上の句の自然把握があればこそ、「なみだのごとき過去が充ちくる」という下の句が、冴《さ》えるのであります。

変化という一点からながめた自然詠を説いてまいりました。

変化といいましても、静的なありさまが変化してはげしく動的な様相にかわっていくこともありましょう。また、動的に荒れに荒れていた自然が、一転してしずまる場合もありましょう。要は、その転換する一点を、機敏におさえることにあります。

秋晴のひかりとなりて楽しくも実《みの》りに入らむ栗も胡桃《くるみ》も　『小園』

これは斎藤茂吉の歌であります。これが、昭和二十年、敗戦の後の秋に発想され、発表されていることを思うべきであります。自然詠は、たんに自然の一様相をとらえた歌であるにとどまりません。不安定的な気象ののちに来る「秋晴れ」と「実り」は、敗戦ののちの平和《たいらぎ》の象徴としても、うたわれていたのであります。

人間のいる自然詠

佐藤佐太郎の歌を例にとって、純粋型自然詠の話をいたしました。

こんどは、土屋文明の自然詠の勉強にうつりましょう。文明の自然詠は、学ぶべきかずかずの長所をもっています。けれども、これをみなさんに説いて、充分納得していただくことはむつかしいことのように思われます。

そこで、わたしが、文明の自然詠をよんでまいりました経路のようなものをお話ししながら、かんがえてみます。

野《の》の上《うへ》に露《あらは》るる砂みな白しこと国《くに》さとを行く思ひかも

このような歌を、まず読んでみるわけであります。「野の上に露るる砂」というのは、「露るる」などと、今ではあまり使わない言葉もありますが、わりとはっきりした意味をもっています。作者は、ある野原をあるいています。そうすると、その野原(野原といいましても、原野とか草原とかいうわけではなく、山ではない平らな場所のことですが)には、当然、砂もみえましょうし、草もはえていましょうし、農業用の作物も植えられていましょう。また、そういう野を行くのでありますから、さまざまな自然の美しい光景にも出遭うことでありましょう。

作者(文明)は、しかし、すこし別のことに気を引かれます。野の上に露出している土砂がある。土地の地肌があらわれているところでありまして、その地肌が「みな白し」というところに気づき、そのことに異様な感じをいだきます。「こと国さと」とは、異郷里とでもいいましょうか、とにかく自分の平素見なれ住みなれている土地とはちがう。異《こと》なった国を行く思いがする、というのであります。このことは、この歌とならべて、次のような歌をよみますと、いよいよはっきりしてまいります。

白砂《しらすな》に清き水引き植ゑならぶわさび茂りて春ふけにけり

わさびという栽培される植物が出てまいります。さきほど見た白い砂は、ここではわさび田の砂地としてうたわれます。白い砂地は、自分にとって「こと国さと」だと思われるのであるが、その白い砂の上に、清澄な水を引いて作ったわさび田がある、そのわさび田のわさびは葉が茂っている、晩春（「春ふけにけり」）であるなあ、というのでありましょう。

わさびは、ご承知のようにその根茎が香辛料として、サシミやソバに用いられますが、わが国特産のアブラナ科の植物だと、辞書に出ています。

しらじらとわさびの花の咲くなれば寂《さび》しとぞ思《おも》ふおのが往《ゆ》き来《き》の

という歌も、その時文明は作りました。わさびの花については、「晩春、有柄の小葉を互生する花茎を生じ、その先端および葉腋《ようえき》に総状花序をつけ、やや密に白花を開く。花弁は四枚、長楕円形、鈍頭で、四強雄蕊《ゆうずい》」などと、辞書にみえます。アブラナ科だということから、花の姿は類推できもしましょう。

春のおわりの山国に居て、作者はわさびを見たわけであります。この作品のできた直接の動機はなんであったのか、それはわかりません。旅の途中で、そこへ行ったのか、それとも、しばらくそこに滞在したのか、それもわかりません。わさびは、直射日光のささない、冷涼の地を好み、北向きの斜面などを利用して植えられるということであります。いまのような、バイオテクノロジイの発達した時代とはちがって、いまから半世紀以上まえの歌であります。

こういう歌をはじめて読みました時に、まず、わたしは〈わさび〉という素材にびっくりいたしました。自然詠というのは、第一に材料の吟味と選択なのでありますが、この〈わさび〉という選択は、特殊であります。珍しいのであります。

第二に、これは野生の植物ではなく、また、観賞用の植物でもないところに惹《ひ》かれました。農民がそこに生計の資として植えているのであります。作者は農民ではありませんけれども、「白砂に清き水引き植ゑならぶ」とうたっています。ここを「白砂に水清くして茂りたる……」としたらどうでしょうか。そうなると、ただ、白い砂地のうえに水がたたえられていて、その田にわさびが茂っているという景色になります。（むろん、第三句を「茂りたる……」とすれば、第四句の「わさび茂りて」にも手を入れることになりましょう。「茂る」が重なってはならないでしょうから。）

作者は、農民でないけれども、山国の農業者の立場に近いところに立っています。清い水を引き、わさびを植える立場に立って、この歌をよんでいます。そこに、この自然詠の特質があります。

つまり、ここには、自然があるにちがいないのですが、自然と共に、その自然に手を加えている人間がおります。土着の人、土地の人間の、生き方といいましょうか、それが透視されています。こういう、人間ぐるみといいましょうか、人間くさい自然把握が、どこから来たのか、それは今は問題にしないでおきましょう。土屋文明という作家が、なぜこの時、わさび田の状景を見るような境遇にあったのか、それも考えなくていいでしょう。むかし、わたしは、この種の自然詠のことを「人文地理学的な自然把握」と言ったことがあります。砂が白い地質のことは、地理風土学的な話でありましょうが、それをたちまち人間の生活とむすびつけるのは、人文地理の範囲なのだろうと思ったのであります。現代からみますと、文化人類学的思考でありますとか(柳田國男《やなぎたくにお》の創始した)民俗学的アプローチが、土屋文明のある種の歌に感じられたりいたします。

名称はどうでもよろしいのでありまして、要は、自然をつねに人間の生活との関連においてとらえていく精神であります。これは、同じ時に出来た作品ではなくて、すこしのちの歌なのでありますが、次のような歌も参考になりましょう。

引き水は荒くすみたり家々《いへいへ》の鯉《こひ》見あるきぬ夕《ゆふ》ぐるるまで

この歌でも、山村の家々に引いている水のことをうたっています。そこに自然の水路があるわけでなく、川や泉から水をわが家へと引いて来ている。そういう家々があり、その水は、「荒くすみたり」というありさまである。この「荒く」というのも、なかなか説明しにくい言葉であります。水の引き方にも関係ありましょうし、水の澄明度、その色、その流れ方、水底の地質の印象、すべてが「荒くすみたり」という言葉を引っぱり出していましょう。そこに鯉が飼われている。どの家にも鯉を飼っているので、その家々の鯉を終日見あるいて飽きないのであります。作者は、そうした山村のありさまに興味をもち、「鯉見あるきぬ夕ぐるるまで」とよんでいます。山村の人たちの生活の一端を、自分は、一つのたのしみとして見あるいて飽きないのだといっているのでしょう。土着の人と、旅行者である自分とが、山水に飼われた鯉という一点において、接触しています。文化人類学者や民俗学者がフィールド・ワークをいたしますが、土屋文明の眼は、するどく、また、あたたかく、土地土地の人間の棲息《せいそく》のさまを見てとっているようであります。

前回は、歌にもT・P・Oがあるというようなことを言いました。わさびの歌で、その点を見ておきますと、「白砂に清き水引き植ゑならぶわさび茂りて春ふけにけり」の「春ふけにけり」が、季節という時をあらわしています。というより、この歌は、季節のうつりかわりをうたうことにポイントが置かれているのでありまして、そのために〈わさび〉が利用されている形をとっています。

文明の、やはりこの時代の歌には、「伊那」というタイトルの一連があり、次のようなわさびの歌がありますが、こちらのほうは、わさび田ではなく、陸わさびかも知れません。

杉の木の影によりつつ乏《とも》しくも青きを保《たも》つわさびの畑《はたけ》
崖《がけ》にあるわさび畑《ばたけ》の水尻《みづじり》はことに目に立つ冬草《ふゆくさ》のいろ

一切が枯れいろにおおわれる山国に、わずかに緑いろを保っているわさび。あるいは、わさび畑を灌漑《かんがい》して流れる水の最下流のところ（畑を出ようとするところ、というべきでしょうか）に冬草が青くみえている、というのでしょう。

寒国《かんごく》に来《きた》り住みつつ春を待つ心ともしきふゆくさの青《あを》

というのも、同じ一連にありますから、作者が、どこか別の土地から来てこの国に住んでいるのがわかります。「春を待つ心ともしき……」（ともしき、というのは心をひかれる、という意味です）といっていますから、山国にして春を待つ心は、わさび畑のわずかな緑にさえ、心ゆらぐのであります。

そうしてみますと、「わさび茂りて春ふけにけり」という歌にも、とりわけ、その春の到来を待った冬の心が背景としてあったものと考えられます。春という時間の要素は、この歌の場合、歌に立体感を与えるためにほどこされた修辞の上の操作ではありませんでした。むしろ、わさびという素材をおもてに出しながら、山国に住む人々と、山国に移住して住んでいる自分との、共通した思いをうたいあげるのが、主題だったように思われます。

いろいろと補足したいことがありますが、ここでは、人文地理学的な、人間がらみの自然詠の、きわ立った性格というものに眼を開いて下さい。だれでも知っている観光材料に取材して歌をつくるのも、決してわるいとは思いませんが、旅をして自然にふれてうたうとき、そこに住む人々の生活とか生活感情とか風土とかの実態にふかく接してうたうという一つの方法が、すでに昭和のはじめに開拓されていたことを、よくおぼえていていただきたいのです。

むろん、こういう把握は、その人の出自や職業や知識によって深浅を生みましょう。文明は周知のように農村の生まれでした。

自然詠と自然観

前節で、わたし自身の土屋文明体験にふれながら、文明調〈自然詠〉のうけ入れ方といいましょうか、学びとり方と申しますか、そうした観点から、歌を考えてみようとしたのであります。

実際、すこしく短歌の勉強をいたしまして、だんだんと様子がわかってまいりましたとき、土屋文明の歌にぶつかる。これは、強烈な印象だったのであります。ひょっとすると、その体験は、明治末期の歌人たちが、正岡子規晩年の短歌にふれた時の身ぶるいのようなものと似かよっていたのかも知れない、と思うことがあります。

たまたま、『寺田《てらだ》寅彦《とらひこ》随筆集』を読んでおりましたら、「日本人の自然観」という、昭和十年（今から半世紀前）の論考に出会いました。寅彦が著名な物理学者であることは、今さら注するまでもありませんが、かれはまた、夏目漱石《なつめそうせき》門下の文人でもあり、とりわけ俳諧《はいかい》についても深い理解をもっていた人であります。

「日本人の自然観」という一篇は、まず、日本という国土の気候的風土的特異性について概説しています。「……日本の気候には大陸的な要素と海洋的な要素が複雑に交錯しており、また時間的にも、周期的季節的循環のほかに不規則で急激活発な交代が見られる。すなわち『天気』が多様でありその変化が頻繁《ひんぱん》である」というような指摘をいたしましたあとで、寅彦は、次のようなことを言っています。

「雨のふり方だけでも実にいろいろさまざまの降り方があって、それを区別する名称がそれに応じて分化している点でも日本はおそらく世界じゅう随一ではないかと思う。試みに『春雨』『五月雨《さみだれ》』『しぐれ』の適切な訳語を外国語に求めるとしたら相応な困惑を経験するであろうと思われる。『花曇り』『かすみ』『稲妻』などでも、それと寸分違わぬ現象が日本以外のいずれの国に見られるかも疑問である。たとえばドイツの『ウェッターロイヒテン』は稲妻と物理的にはほとんど同じ現象であってもそれは決して稲田の闇《やみ》を走らない。」

花曇りに春愁をおぼえ、秋風に無常を感ずるといった人間と自然との有機的な一体感を、日本人に特有のものとして、寅彦は強調しようとしているようであります。こうした考え方は、わたしどもが、ごく素直にうけ入れることのできる日本人論の一つのタイプだろうと思えます。

雨の降り方が季節によってちがい、その季節季節によって、名称がついているといいます。けれども、もっと微細にみれば、同じく春雨といい秋風といいましても、それに接する人によって、その感じ方は千差があり、万に別れるはずであります。

短歌は、まことに短い詩でありますから、春雨一つに向っても自分の感じているところは昨年の春とはちがい他の人のそれとはちがっているんだといいましても、その細かい具体を細叙《さいじょ》する力も余裕もありません。ただ、短歌の、一首にふくまれる言葉の響きでありますとか、いくつかの歌を歌い重ねて行く連作《れんさく》の技法でありますとか、いろいろの工夫をもちいて、その人の感じ方の個性を言いあらわそうとするのであります。

循環してくる春のよろこびを歌った、土屋文明の歌があります。わたしは、敗戦直後の時期に、これらを読んで、共感と同時に、かすかな違和感もおぼえたのであります。

(1)霜いくらか少き朝《あした》目に見えて増さる泉よ春待ち得たり
(2)やうやくに心定《さだま》るゆふべにて四方《よも》に新しき泉のきこゆ
(3)石一つ腰をおろすに余りあり下《した》ゆく水の声はよろこぶ
(4)此の朝《あした》霜しろくしておのづから泉の音に春来《きた》るべし
(5)かゆき足に手を置き吾《われ》の眠らむに流るる泉の音ぞきこゆる
(6)凪なぎて谷にゆふべの霞《かすみ》あり月をむかふる泉々《いづみいづみ》のこゑ

この春の到来は、実は「日《ひ》数《かず》割り乾大根葉《ほしだいこんば》食《くら》ふさへ力つくし峠を越ゆる思ひぞ」といった飢餓一歩手前という、昭和二十年の冬のあとの春でありました。これらの歌は、どの年にもあてはまるような季節感の歌とはいえないでしょう。しかしながら、群馬県の山間部に疎開して住んでいた土屋文明の、時もところもきわめて特殊な、これらの春の歌にも、やはり、寅彦の説く「日本人の自然観」は、明らかにみてとれるのであります。

(1)において、「霜いくらか少き朝」と言っています。いつか話しましたように、自然詠のコツは、自然のかわりばなを叩くことにあります。毎日、霜の降りるのをみている。その霜が「いくらか少」いと感じたという、その変化であります。あるいは「目に見えて増さる泉」といいます。昨日より泉の水がふえている、この変化であります。

(2)における「四方に新しき泉のきこゆ」というのも、同じようなことを材料にしています。作者の住んでいる家のまわりのあちらこちらに、新しく泉の水の湧きあふれて流れる音がきこえるのでありましょう。春の到来が、雪や氷の解けることによる地下水の増量としてあらわれているのでしょうか。理由はどうであってもかまわないので、要は「新しき泉」（の音）であればいいのであります。

寺田寅彦の随筆「日本人の自然観」から、もう一つ引用して参考に供したい部分があります。それは、日本人の庭園観についての言及であります。次のように言っています。

「住居に付属した庭園がまた日本に特有なものであって（中略）西洋人は自然を勝手に手製の鋳型《いがた》にはめて幾何学的な庭を造って喜んでいるのが多いのに、日本人はなるべく山水の自然をそこなうことなしに住居のそばに誘致し自分はその自然の中にいだかれ、その自然と同化した気持ちになることを楽しみとするのである。」

庭園というようなものは、われわれの今日の生活様式からすると、縁遠い存在になりつつあるのは事実でしょうが、これに続いて、

「盆栽活《い》け花《ばな》のごときも、また日本人にとっては庭園の延長でありまたある意味で圧縮でもある。箱庭は言葉どおりに庭園のミニチュアである。床の間に山水花鳥の掛け物をかけるのもまたそのバリアチオン（変種―引用者注）と考えられなくもない。」

というような言葉が見られたり、また、

「日本人の遊楽の中でもいわゆる花見遊山《ゆさん》はある意味では庭園の拡張である。自然を庭に取り入れる彼らはまた庭を山野に取り拡げるのである。」

というような考え方をきかされたりしますと、すこしずつ、われわれにも――寅彦以後五十年の現代にも、脈々と、伝統的な自然観が伝わって来ているのを感ずるのです。

「月見をする。星祭りをする。これも、少し無理な言い方をすれば庭園の自然を宇宙空間にまで拡張せんとするものであると言われないこともないであろう。」

これも同じ文中に読まれる見解であります。土屋文明の「川戸雑詠」（川戸というのが文明の疎開していた土地でありますが）のなかの泉の歌は、いわば、文明の意識

の中では四方八方に湧く泉水が「庭園の拡張」としてとらえられている姿を如実にみせているのではないでしょうか。文明は、この泉のほとりで野草をつんで食用にしていました。

「日本人口の最大多数の生産的職業がまた植物の栽培に関しているという点で庭園的な要素をもっている」(寅彦)というのは、もう今の現実ではないでしょう。農業者のわり合いは、日本の場合、ヨーロッパ(たとえばフランス)などにくらべて、どんどん縮少しているといわれます。「自然の季節的推移に関心をもち、自然の異常現象を恐れる」農業者のわり合いが減っているということは、(農業そのものの近代化とあいまって)わたしたちの自然観に、大きな影響を与えているのにちがいありません。事実、冷暖房のゆきとどいた都会に生活する人たちは、朝の霜の多い少ないを気にかけることもないでしょう。泉の音の多少によって春の到来を信ずるという必要も、また、あり得ないのであります。短歌における「自然詠」の、いちじるしい後退現象は、おそらく、そうした二重三重の社会の変化や、生活環境の変貌と無関係ではありますまい。

わたしは、さきに、土屋文明の泉の歌を引用する前に、発表時それを読んだ折の感想として「かすかな違和感をおぼえた」と書きました。あの「違和感」は、なんだったのだろう、と今になって思うのであります。

このことは、「自然詠」の初歩として説くには、すこしく、先走った話題といえるかも知れません。しかし、「短歌入門」の際にぶつかる一つの現実でもありますから、ふれておきたいのであります。

手本にするべき先人の作品を、いろいろと示された時に、大まかに言って、その内容のあたらしさに惹《ひ》かれる場合と、そのことばの面白さに魅力をおぼえる場合とがあるようです。

内容のあたらしさ。これは、どちらかといえば、人間のあたらしさといいましょうか、その歌を作った人の実生活（といっても、歌から想像しているわけですが）の面白さに通じています。

ことばの面白さ。これは、内容のあたらしさとは反対側にある、詩歌のよろこびの一側面でありまして、内容そのものは、ありふれたこと（例えば、さくらの花が咲いたとか、秋がすぎて冬めいて来たとか）なのですが、そのありふれた内容を、ことばの使い方（修辞。レトリック）によって、面白く、衝撃的に言いあらわすのであります。

土屋文明の泉の歌（六首を、とりあえず例にあげましたが）これらは、内容のあたらしさ（泉の水の増水と、その流れる音によって春をあらわす）もあります。また、「四方に新しき泉のきこゆ」とか「下ゆく水の声はよろこぶ」とか「流るる泉の音」とか、とくに「月をむかふる泉々のこゑ」（擬人法）といったあたりには、ことばの面白さの魅力にも欠けていません。

しかし、どちらかといえば、ことばの側よりは、内容の側に力が入っていましょう。(1)や(5)の初句《しょく》の字余りは、気になるところですし、三句において「見えて」(1)、「ゆふべにて」(2)、「余りあり」(3)、「霞あり」(6)、など、同じような技法を、やや無雑作に使っています。そうしたところに、わたしは、かすかな不満を感じたのでありました。この点は、歌のリズム（韻律。声調。しらべ）を説く時に、もう一度触れましょう。

社会詠のつくり方

自然詠の話をしたときと同じように、「社会詠」という言葉の定義には、あまりこだわることなく、はじめましょう。

社会詠は、新聞の社会面をおもい出させます。社会面とか、あるいは新聞社の社会部とか、あの感じ。あれが、ひょっとすると、社会詠という領域の発生源なのかも知れません。戦後四十年のあいだに、短歌の歴史に、しずかに、蓄積されて来た新しい伝統があります。その一つが、社会詠の伝統です。

なきがらを葬《ほふ》る火《ひ》のおと一隊《いったい》の銃《じゅう》をささぐるときに聞こゆる　斎藤茂吉

昭和十二年の歌でありますから、もう歴史的な事実になってしまいましたが、これは、日中戦争当時の、たぶんニュース映画から取材した歌なのだろうとおもわれます。戦場で死亡した兵士を火葬にしている。戦場でありますから、火葬場などありません。野の上で焼くのでしょう。自分たちの隊員が死亡し火葬にされているのを、「一隊」の兵が、整列して見守っている。「銃をささぐる」は、号令一下、「捧《ささ》げ銃《つつ》」の礼（体の右側面におろしていた銃剣つきの銃を、体の前面に捧げる行為）をした瞬間を、（ニュース映画の一場面として）作者は、とらえています。燃料とともに、死体の燃える「火のおと」が、作者の耳を打ったのです。

二句で、まず、一たん切っている点に注意したいのです。たとえば、例によって、すこし変形をしてみますと、このことが、はっきりします。〈なきがらを葬る火のおと聞こえきぬ一隊が銃をささぐるときに〉としてみましょうか。この方が、「おと」にただちに「聞こえきぬ」としてありますから、わかりやすいのであります。しかし、一首のリズムは、だらけてしまいます。原作のように、「……おと」で一たん切って、「一隊の……」へつなぎますと、読者は、ここで一瞬おあずけを食うわけであります。おあずけを食ったために、精神は緊張を強《し》いられます。この緊張が、読者を、結句《けっく》までひっぱって行きます。「……おと」の結末は、結句へ来てはじめて、「……聞こゆる」という形で、告げられるのです。さきほどの変形案では、この緊張が消去されてしまっています。

茂吉のこの歌は、茂吉自身の私生活上の事件をうたっているものではありませんし、恋愛感情をうたっているものでもありません。また、見聞の一端を作品化したものとはいいましても、旅行中に出逢った自然の景観をうたったものでもありません。

ニュース映画（新聞でも同じことですが）というメディアを通じてもたらされた情報の一部分を、自分流に切りとって歌にしているのです。

すなわち、中国戦線の兵士たちのありさまは、戦争状態に入っている日本の運命につよい関心をもち利害を共有している茂吉（たち、当時の国民）にとって、たんなる風俗の一片ではありませんでした。

こういう事情は、たとえば、二十年前のベトナム戦争のときに、多くの歌人が作ったベトナム関係の歌の場合にも、共通しています。むろん、かた方は、戦争を肯定していますし、戦っていたのは自国の兵であります。もう一方、ベトナムのときは、戦っていたのはアメリカ軍であって、しかも、反戦反米、平和祈念の思想にうら打ちされた歌が多かったのです。まったく、ベクトル方向は、逆になっています。

しかしながら、どちらの場合にも、戦場における戦闘のありさまとか、勝敗の行方が、日本にいて、それを作品化する歌人の一人一人を、つよくつきうごかしていたことにちがいはなかったのです。それから、どちらの場合も、直接その現場に自分たちが居たわけではないという点も共通しています。情報は、すべて、ニュース映画とか、テレビ・ラジオとか、新聞や雑誌――いわゆるマス・メディアを通じて、歌う人に与えられています。情報量の多いすくないであるとか、その確度や、多様性において、ベトナム戦争当時と、昭和十二年日中戦争当時とでは、大へんなちがいがあるに相違ありません。しかし、いずれにせよ、(自然の景観を直接、自分の五感によって見たり聞いたりするのとちがって)メディアを媒介する材料をもってする作歌である点は、同じことであります。この間接性といいますか、非直接性といいますか、ここに、社会詠の、大そうむつかしい問題がひそんでいます。

最近、世間をおどろかせたジェット機事故についてかんがえてみてもいいかと思われます。あの場合でも、たくさんの人が、(かならずしも、プロの歌人にかぎりません。新聞などの投稿欄にとくに多かったようにいわれています)あの事件を材料にして歌を作りました。現場へ行って直接これを見た人はほとんどなく、事件の直接の関係者も、ほとんどなかったのであります。

このような、間接性（メディア依存性）は、次のような結果を生みやすいのです。

第一に、そこから生まれる感動や感想の紋切り型になること。すでにメディア自体が、ある種の選択をおこない、フィルターとして不純物を濾過《ろか》してしまっていますから、読者は、ある方向づけをした情報をうけとらざるをえないのであります。

第二に、感覚を通じて把握するというよりは、観念（とくに既成の観念）を通じて理解してしまうこと。すなわち、皮膚感覚ではなくて、頭でとらえてしまう傾向がつよいこと。

第三に、短歌にとっては、根本的に重要であるはずの「ことば」まで、メディアの流す用語によってしばられてしまうこと。これは、おびただしいこの手の歌が、いずれにしても、新聞の見出し語のようなものに侵されてしまう現象からも、はっきりしていましょう。

ここで、はじめにあげた茂吉の歌の対照として、当時の兵士の歌をあげてみます。

五歩宛《づつ》の距離とりて渡れしからずば支ふる兵が死すと叫びをり　石毛源

谷川に口つけ飲めばあごひげにこびりつきたる血のとけて臭《にほ》ふ　同

『昭和萬葉集』巻四からえらびました。もともとは合同歌集『支那事変歌集（戦地篇）』にあったものであります。ついでにいえば、『昭和萬葉集』のこの巻などは、茂吉たち日本内地にいた人と、戦場に出て行った人との、両面における証言にみちています。のちにのべますが、この時代の証言にも、おのずから自由度の制限がありました。

さて、石毛の歌をみますと、第一首目は、橋のない川を渡るときに、工兵隊が川にとびこんで、一人一人の肩によって、板をささえている。人力による橋を作っているわけであります。その上を、重装備した歩兵がわたっていく。「五歩宛の距離とりて渡れ……」という注意は、そこから生まれてくる「叫び」であって、その声を、作者は、直接、兵の一人としてきいているのであります。こういう実見聞談は、材料としてもっとも直接であって、いわば頭で解釈したり批評したりするひまがありません。

二首目の谷川の水をのんでいるのは、この歌からいえば作者でありますから、この生《な》ま生《な》ましさは、いまさら言うまでもありません。

それならば、直接性は、いかなる場合にも善であり、歌を作る上においても、有利な条件であるかどうか、というと、そうばかりとは限りません。ベトナム戦争のころの歌をすこしあげてみます。

ベトナム戦やめよと叫び行くデモに交りてゆかむ主婦われなれど　小川みよ子

ベトナム戦争反対の机上表示さえ違法とて取り上げに来る憐《あわ》れ管理者　三浦光世

ベトナムはいまだ遠きかおそれつつ今日の立居にまたまぎるべし　稲葉峯子

すこしずつ、ニュアンスの違う歌を、『昭和萬葉集』巻十四から引きました。ベトナムというのを、他の国名地名にかえれば、現代にもそのまま通ずるようなところも、参考になりましょう。それでいて、ベトナムが、中近東やアフリカとはちがう近接感をもって日本に感じられていることも否定できません。「ベトナムはいまだ遠きか」

という問いは、そう遠いことではないのではないか、いつかわれわれにも及んでくる現実ではないか、という問いを含んでいます。こういう国際性といいますか、一国の事件が単に一国だけにとどまらない波及力をもつということは、おそらく、近代に特有のことなのでしょう。「世界歴史」という概念が成立し、国と国、辺境と中核とのかかわりは、濃厚になるばかりという状況のもとに、社会詠の様相もかわってまいります。

わき道にそれましたが、このようなベトナム戦争ころの日本の民衆の反応をみていますと、これらは、むろん、メディアを通して来た取材の歌であります。それは、一定の間接性をもっていますが、それだけに、ある種の客観性をえています。また、視野の広さをもそなえています。

戦場の兵士は、直接性という武器をもっていましたが、そのかわり、戦争全体が、どのような推移をとっているのかなどなどの、広角的な視野と、情報の客観性とは、切れています。

反対に、非戦場地帯にすんでいる人たちは（他国の人は、より一そうそうですが）、間接的であり、メディア依存度が高いため、さきにのべたような、不利な点がいくつもありましょう。その代償として、いくらか有利な点がある、それが、今言った、広さと客観性であります。

これらのことは、さしあたり、日中戦争とベトナム戦という、実例にこだわって考えてはいますが、現代のわたしたちのまわりの、たくさんの社会詠のはらんでいる問題に、そのままあてはまりましょう。そのあたりも、おいおい、説いていくつもりです。

一言つけ加えますと、戦時下（という限られた条件下）において、発表された歌は、当時の国家によって許された範囲の自由度しかもっていなかったのだということを忘れてはなりません。だが、思うに、この自由度の制限は、現代のわたしたちには皆無でしょうか。ふかく考えるべきことと思われます。

新しい社会詠の模索

現代のようなヘンな社会では、いわゆる「社会詠」がつくりにくいことになって来ている事実を、すこし古い実例をあげながら話して来たつもりであります。「社会詠の作り方」を話している途中に、社会詠の作りにくい理由を列挙しているのではどうしようもないようにきこえましょうが、ありのままに現実をみとめて、そこから打開策を講ずるというのが一番効率のいい方法でありますから、それでいいのです。

新聞、テレビ・ラジオ、雑誌などのマス・メディアの提供してくれる社会ダネの情報は、ただたんに画一化されているだけかといえば、それは嘘《うそ》であります。たしかに画一化されている側面もありますが、多様化し重層化している面もずいぶんと目立ちます。大新聞A紙と大新聞B紙のあいだには、読みくらべていると画一的な扱いが目につくことも多いのですが、日刊紙の記事を週刊誌が追い、さらに月刊誌が埋め、テレビが映像化し、単行本が集約するといった形の多様化と重層化は、じつにしばしば、わたしたちを愉《たの》しませるのであります。たとえば、一例を「アフリカの飢餓」問題にとっても、このことはあざやかでしょう。
もう今から二十年も前のことですが、加藤秀俊《かとうひでとし》という社会学者は、「生活革新」のタイトルのもとに次のようなことを書いていました。(『現代思想事典』による)
「人類の歴史を考えてみると、われわれは、それが生存のための闘争の歴史であったということに気がつく。過去六千年間にわたる歴史の中で、人類は物質代謝のサイクルの中で生きながらえることを、つねに目標としつづけていた。そしてそのような生存の条件を確保することは、じっさいのところ、きわめてむずかしいことだったのである。」
だから日本でも敗戦直後のころまでは「かならず何人かの餓死者がいた」のであり「今日でも、たとえばニューギニアやアフリカなどの未開社会では、いったん飢饉《ききん》がおこると、一つの部族なり村なりが全員餓死してしまうというような例がなお厳然と存在しているのである」と加藤氏は書いていました。むろん、この加藤氏の記述は、一九七〇年一月のビアフラ共和国の滅亡よりもさかのぼること五年の時点で書かれていますし、わたしたちは、一九八〇年代に入ってからの「アフリカの飢餓」の問題の政治性をいやというほど、各種の情報によってキャンペーンされて来ていますから、この記述は、あるいは素朴にすぎるように見えるかも知れません。

だが、それだけにまた、事柄の根本のところに、人類史の「生存の不安からの解放闘争」のいたましい断面があったことを気付かされるのであります。というのは、わたしたち工業国家にあっては「生存の問題はもはや人間の問題ではなくなってきた。それらの社会の豊かな農業生産と工業生産は、餓死者を出さないですむところまで進化した」という事実が、おそらく「未開発地域」の飢餓ニュースに対して、純粋といえば純粋でありますが他面きわめて手前勝手な〈救援〉の姿勢をとらせたにちがいないからです。

「『でも日本の民衆はせっせと募金をしてビアフラに送っている。その努力をあなたはご存じでしょう』

『いや日本からのお金を受け取ったおぼえはない。あなたは国際赤十字へ送られたお金はビアフラではなくナイジェリア側に流れているのを知っていますか』
『それは本当ですか。信じがたい』」
これはビアフラの外交官と日本の報道記者とのあいだでかわされた会話。『ビアフラ　飢餓で亡んだ国』（伊藤正孝《いとうまさたか》）の一節です。この本は一九七〇年三月に出版されたということでありますから、近年くりかえされた「アフリカ飢餓」と先進工業国からの救援運動のパターンの一つの原型として、記憶されていいでしょう。

「もはや生存は問題ではない。問題は生活である。あるいは別ないい方をすれば、生存の問題が解決されたときはじめて、生活の問題が人間にとっての新たな問題として登場してきた。」（加藤秀俊、前掲書。傍点引用者）

という言い方を借りるなら、「生活の問題」をかかえた民衆から、いまだ「生存の問題」まっ最中の民衆への同情と呼びかけと、いうならば無意識のうちに発揮された優越の感情が、あの飢餓救援キャンペーンのもろもろの表情のうちにくりかえされたのでありましょう。それは、救援の金や物資が、正当に役立つか役立たぬかという問題を超えたところで発生していたといえるのであり、「生存の問題」のきびしさの記憶が、わたしたちに残っていればいるほど、この方向に向って流れ出す感情の準備は万全となったのであります。

近年の（エチオピアを中心とする）アフリカ飢餓問題についての短歌は、新聞歌壇などを通じて、いくつか見られたのでありますが、その力は、きわめて弱く、類型化したものが多かったのを思うのであります。それは、戦中戦後の自国の「戦争」がらみの社会詠にくらべてはもちろんのこと、二十年前のベトナム戦争関係の社会詠にくらべても、格段の差があったのです。

このことは、「国際問題は、つまり、国内問題である」という、ごく平凡な事実を指さしているようにもみえます。また、表現（短歌のかたちにして、時々の感情や思想をのこしておくこと）の段階まで来れば、「国際問題も国内問題も、すべてわたしたちの生活感情の問題である」ということになるのかも知れません。

七〇年代から八〇年代へ。ここでもまた、大きな「生活革新」がおきたことはわざわざ指摘するまでもないでしょう。すでにリースマンやガルブレイスによってアメリカにおける現実として指摘されていた脱工業化、脱物質主義の波動が、日本をもおそって来ました。（居住の問題をのぞけば）物質の豊富さとその消費への欲望は、一定の限度があることを現代のわれわれは、経験させられて来ました。「生存の段階をはるかに超越し、さらに生活の問題をも超越しようとしている」（加藤秀俊。なんどもいうように、この言葉は六〇年代に書かれました）という民衆と、一見したところ「生存の問題」にかかり切っているかのようにみえる他国の民衆と。このさまざまな段階の民衆が、同時的に存在しているということ。この事実は、こちらから見えているものが、むこうからも見えているということを示唆《しさ》します。つまり、一国の民の「生存の問題」の内側に、といいましょうか、すぐ先にといいましょうか、「生活の問題」や「超生活の問題」があるのだという予見を許すということでしょう。だから、おそらく、「救援」の問題が単純でなくなるのです。

社会詠といわれた旧《ふる》い一領域は、政治詠・思想詠・職場詠・生活詠といったさまざまな領域をすべてそのうちに含んでいます。ある時代には、政治（とくに、保守か革新かといった政党えらびの態度）が優先し、ある時代には、政治思想の新鮮な表明が切実な課題だったことがあります。また、（とくに生産部門における）職場や生活の現実をうたうことがメイン・テーマであった時代もあります。「生存の問題」に近ければ近いほど「生活の問題」も、多くの人々の共感をよびやすかったのであります。（「生存の問題」にからませていえば、今日のもっとも切実な関心が、〈死〉〈病〉〈老〉

といった、「社会条件」をもってしては容易に超えることのできない問題に集中しているのは興味ふかいことです。)

聞きながら言葉の裏も読めと言い独りになれば顔拭きに立つためらいしのちに床よりゼムピンの一つを拾う夜のオフィスに

帰りゆく丸き背中を見ていしが呼びとめて乞いを聞き入れんとす

原潜の阻止に佐世保へ向かうとて前借せしがついに戻らず

島本正靖

出版・印刷の世界に棲《す》む五十代半ばの出版人の第一歌集『方形の空』から抄出してみました。この本は、ちょうど一九七〇年から始まっていますので、今回わたしが説いて来た時代と重なるわけであります。わたしは、この一冊の歌集に、現代の社会詠、職場詠の良質の部分をかいま見たような気がしました。ふしぎなことに、今西久穂《いまにしひさほ》歌集『冬の光』であるとか、来嶋靖生《きじまやすお》歌集『雷』であるとか、出版界の、管理者側に立つ人の、熟年ないし初老の歌が、面白いようであります。

たとえば、島本氏でいえば、ためらったのちに床からゼムピン一箇を拾う挙措のうちにも、この世代が過去五十年のあいだに耐えて来た「生存から生活へ、さらに生活から脱生活へ」というめまぐるしい時代思想の変転が、反映しているように思われます。原潜阻止へ行く若い社員に向けている作者の眼差《まなざ》しには、かつて政治詠のテーマであったものが余すところなく生活人のぶ厚い感慨のうちに吸収されているのが感じとれます。

もうすこし、抄出してみましょう。

家を得てのちの日にちわが裡の穏《やす》らかなるを妻にも言わず　　島本正靖
庭土へ青葉の光散りぼうに水を撒きおりこころ奢りて
移りきて日浅き夜に消ゴムを買いにゆく子よ異郷の店へ

これは、「異郷」の地に出て来て家をかまえた時の歌です。やはり、住居という物質にかならずしも安らがぬ意識の重層性がよく出ています。次のような歌もあります。

片時の休む暇なき労働を強いおりうしろめたきを秘めて
人材を募る広告反応の全くなきまま度重ねゆく

その中に、いわゆる社会詠の断片らしきものを、次のように見出すのが現代的に思えるのであります。

修羅なししかの日の隅田聞き知れどついにメコンはよそ国の河

待合政治のはて待合に仆れしと草笛少年の置きゆける記事

さて、わたしは、現代、女性歌人たちが、数において大へんな比率を占めているにもかかわらず、職をもって働いている女性もそうでない女性も、職場とか家内労働とかいったことをほとんど歌おうとしないことに注目しています。彼女たちのなかには、いわゆるキャリア・ウーマンもいます。今後は、仕事をもって生きる女性、管理職の女性もふえていくでしょう。しかし、彼女たちは、「生存の問題」はいうまでもなく、「生活の問題」もとびこえて、ただちに、精神のフロンティアへ目を向けているようにみえます。彼女たちが短歌に求めているのは、消費社会における〈物質〉の向う側にある価値であるように思えます。はたして、そこに、新しい社会詠のうたい方が形成されていくものかどうか、わたしはしばらく時間をかけて観察したいとおもっているのです。

暗示としての社会詠

自然詠についてのべたことは、いわゆる社会詠にも、あてはまるようであります。自然詠が、今日、かえりみられなくなっているように、社会詠のいきいきとした実例もとぼしい昨今であります。

その困難な状況のなかからでも、死に絶えそうな社会詠を、よみがえらす方法はあるでしょうか。今回は、この点について模索してみたいと思います。

まず第一に、近代短歌の歴史、とくに昭和になってからの短歌史、敗戦をはさんで、激動した時代の短歌、これらについて、作品に即した理解をもつことでしょう。短歌をつくることは、紙と鉛筆さえあればできるというような安直なかんがえ方を肯定してしまったのは、だれなのでしょう。そんな安直な方法は、まったくの嘘《うそ》だと思います。

多くの人に、気がるに短歌をつくってもらおうという戦略から出た言葉だといたしましても、それは、まちがった戦略です。みなさんは、そういう甘い言葉に誘惑されてはなりません。

一切の創作は、材料や手段についての一定の常識と、すぐれた創作実例についての情報によって支えられています。わたしは、初心の人々に、機会あるたびに、このことを説いています。

一首の、心にのこる歌を知ったなら、かならずその作者にも注意を向けるべきでしょう。さいわいに世に知られた作者とわかれば、その人の既刊の歌集を手に入れるのは、決してむつかしいことではありません。そのようにして一冊の本を手にとり、一首の歌では知ることのできなかった、一人の人の歩みを知ることになります。社会詠とか自然詠とかいう分類が、ごく人為的な、あまり意味のないものであるのは、いうまでもありません。一見、自然とか景物をあつかったようにみえる歌でさえ、一冊の歌集の構成の中に置いてみる時、意外に、社会性を帯びてくるものです。このことを、今、宮柊二《みやしゅうじ》の『小紺珠』に見つつ、かんがえてみたいと思います。

『小紺珠』は、昭和二十三年に出た本ですから、敗戦後の苦しい生活と不安な政情のなかから生み出されています。

たたかひを終りたる身を遊ばせて石群《いはむら》がれる谷川を越ゆ

こういう歌があって、当時注目して読んだ記憶があります。この一連の作品には「昭和二十年八月十五日戦争終了す。九月七日復員、八日離浜して九日、黒部谿谷に入る、云々」という前書きがついています。

よみかえしてみて、「たたかひを終りたる身」という言い方が、いかにも特殊であったのに気がつくのです。下《しも》の句は、簡潔で、佳い歌句でありますが、それに対応する上《かみ》の句が、実にどっしりしています。これはなぜだろうかと思いかえしています。おそらく、自分の来歴をはっきり肯定しているところから来ているのでしょう。戦争批判とか、軍隊批判とかいった風潮のつよかった時代に、この作者は、「自分は、いままで一人の兵士として戦って来た。そしてそのたたかいは、国においても自分の一身上においても、いま終ったのだ。だから、その〈身〉を〈遊ばせて〉いま故国の山川に対しているのだ」といった感慨を、率直に提示しているのです。しかし、もう一つここで注意していいのは、この一首には、戦争に対する作者の思想断片のごときものが、明らかにされてはいないということです。それは〈暗示〉されているだけです。

とどまれる一《ひと》貨車の列《れつ》黒けれど危ふげもなく夜に入りゆかむ
せばまりし道をみちびく路次の口なにか悲しみを湛へたり見ゆ
孤独なる姿惜みて吊り経《へ》し塩鮭を今日引きおろすかな
一本の蠟燃《もや》しつつ妻も吾《あ》も暗き泉を聴くごとくゐる

これらは「不安」というタイトルの一連の中の作品です。貨車の列が黒く、おそらく駅か、引き込み線かに、とまっている。その列車は「危ふげもなく」つまり、なんの不安感をいだくこともなく、暗い夜に入っていくことだろうというのであります。これは、いうまでもなく、不安にみちて「夜に入りゆ」く人間の生を、反対の側から照射しています。作者の言いたいのは、人間の不安なのですが、それは、貨車の存在によって〈暗示〉されているにすぎません。一見すると、貨車の列を対象にしてやや主観的な描写をしてみた叙景作品のように取られかねませんが、実はちがうのです。

「せばまりし道をみちびく路次の口」という歌も、同じような理解が可能です。もしこれが、「路次の口」や「道」を、あたかも暗喩《あんゆ》のように使った作品であるなら、これだけの現実感は出て来なかったでしょう。「せばまりし道をみちびく」というのは、この口を入り口として狭くなった道が、（作者の想像上の歩みを）さらに奥へとみちびいていくということなのでしょう。路次の口は、ふしぎな「悲しみ」をたたえて見えています。

実存的とか、人間実存の不可解さとかいった、昔々の流行語を、思い出しました。言葉が流行したという現象は、この際どうということはないので、人間という存在の底に、不安で不可解な、無方向性をみとめておけばいいのだと思われます。

宮柊二の作品には、容易に見わけられるような、スローガン的な思想表現はありませんが、この路次口とか、貨車の列とか、あるいは、その次の歌にでてくる塩鮭《しおざけ》の姿とか、そういうさまざまな「小現実」に、思いを托しています。

「一本の蠟燃しつつ」のローソクの火は、たわむれに火をつけている誕生日用の彩色ローソクなどではなく、時間をきめて行なわれた停電の多かった当時の電力事情によっているといったことは、わたしにはわかります。そうした背景も、理解のために、役立つこともあります。しかし、いま読んでみて、なんとこの歌は、現代的かとおもわずにおれません。停電の存否など、もはや問題でありません。柊二には、

蠟燭の赤き焔はゴーリキイの眉を照らしてともりたるや否や
蠟燭の長き炎のかがやきて揺れたるごとき若き代《よ》過ぎぬ

というような、ローソクの歌があります。二つ目の「若き代過ぎぬ」は、自分の青春のすぎゆきをローソクの火の「かがやきて揺れたるごとき」と直喩《ちょくゆ》しているところ、とくに焔《ほのお》の「揺れ」に注目しているところに、すこぶる特色がありましょう。また、一つ目の「ゴーリキイ」は『どん底』や『母』などで知られるロシアの作家でありますが、一つの教養が背景にあるだけに、いつまでも通用するとはいえないかも知れません。この二つのローソクは、いうまでもなく、停電にそなえて用意し、停電に際してともすローソクとは無縁のはずです。それなのに、おもしろいことに、作品としての直接性は、さきにあげた「暗き泉を聴くごとくゐる」に及ばない気がいたします。

つまり、状況は、四十年と今とで、はるかにへだたっているのに、一本のローソクの火に寄って、暗い泉の音に耳をかたむけているかのような夫婦の姿というのは、あ

る種の永遠性をもっているのであります。今の時代に、この歌をもってまいりましても、感銘のふかさには、かわりはないようにおもえるのです。このことは、なぜだろうか、と考えると、やはり、表層の現象の底に、人間存在の本質をかぎとっていたからだといえそうです。

このことを、柊二の兵歴であるとか戦争体験とかとかかわらせて説くのは、あるいは容易かも知れません。しかし、わたしは、それをしたくないのです。あるいはまた「積みあげし鋼《はがね》の青き断面に流らふ雨や無援《むゑん》の思想あり」のような、ややあらわな思想表明の歌とむすびつけて理解しょうともおもわぬのです。むしろ、わたしは、次のような、子供をうたった歌を、永遠に古びないであろう〈社会詠〉の一例として出しておきたい気がするのです。

鞭ふりて寒き路上《ろじやう》に独楽《こま》を打つ少年四五種類の甲《かん》だかき声
午《ひる》過ぎし土に下《お》り立ちをさな子がをりをり凮に眼《まなこ》を瞑《つむ》る
ふところに林檎を秘めて来寄りたる洟垂子《はなたらしご》を差し上げにけり
たたかひの惨《さん》たる終り偲ぶとき椎にのぼれる子は幾歳《いくさい》ぞ

この最後の歌は、戦争が出て来ますから、すこし別の出来上り方をしていますが、ほかの歌には、ある種の暗うつさがただよっています。家族の歌といえども、そこには幸福そのもの、明るい自己肯定そのものではない、感情が、つねに流れています。一冊の歌集を読むことの必要性を、さきに言いました。わたしは、この『小紺珠』のなかには、

貧しき祖国とおもふ砂の上にしたたりて黒き重油惜しめば

のような歌のあることを言っておきます。また、『小紺珠』につづく『晩夏』のなかに有名な「砂光る」という極東軍事裁判の歌があること、そしてその先駆として『小紺珠』にも、

戦争の拠《よ》りて来しもの明《あき》らめて我等を衝《う》ちつつ裁判のこゑ

玄洋社の出身被告広田元首相幅もちて低き声に応へつつあり

応答に抑揚ひくき日本語よ東洋の暗さを歩み来《こ》しこゑ

などがあるのを読むのであります。そうした傍証作品のなかから、子供や家族の歌を

拾うからこそ、一見なんでもない歌が、社会詠のように読まれるのかも知れません。そういう相関関係の中に、わたしたちの一首一首は、組み込まれているということなのかも知れません。この社会詠の遍在性と、そして方法としての暗示性を、今の一応の結論にしておきます。

事柄でなく感情を

作歌上の細かい注意点をいくつかあげてみます。

さまざまの機会に、初心の人たちの歌を批評していて気がつくのは、わたしの批評の言葉が、うまく相手に伝わっていないということであります。わたしだけではありません。なん人かの選者たちの言葉をきいていても、その憂いは、濃く感じられます。

一番、数多く出てくる批評語は、「短歌は散文ではない。」「短歌のなかで、おはなしをしてはいけない。」「これは、歌のなかで説明をしてしまっているから、だめなのだ。」といった調子のことばであります。

散文。おはなし。説明。これらは、おなじことを言おうとしているのですけれど、批評された側からいうと、これぐらい、わけのわからない批評はないようです。

どうしてこのような伝達の困難さが生ずるのか。このことを考えてみたいとおもいます。

第一に、覚悟しなければいけないのは、この欠点を克服しないと、一段上の場所へは行けないということであります。教える人から、「あなたの、この歌には、よぶんな説明が多いので、ここの部分はいらない、ないから削ったほうがいいでしょう」といった批評や注意を、たえず受けているとすれば、あなたご自身で、よほど警戒したほうがいいのであります。

なぜなら、同じ作歌上の〈病い〉を、しばしば指摘されているということは、その〈病い〉について無自覚であり、自分では、大した〈病い〉ではないと思っておられるに違いないからです。

ここは、素直に、批評の言葉をうけ入れて下さい。そして、歌を作るときに、自分の心にあった動機について考えてみて下さい。

短歌は、むろん、自分一人でたのしむ場合もありますが、多くは、人の目にふれることを予想して作られます。人の目にふれるということは、自分以外の人によって理解されることを、知らず知らずのうちに求めているということでしょう。

自分以外の人によって理解され、場合によっては賞讃をうけることは、たのしいことですし、それを目標にして作歌するのは、わるいことではありません。

ただ、その時に〈歌のなかにこめられている感情を理解してもらう〉ことを、第一に考えることです。〈歌をとりかこんでいる個人的な状況説明を理解してもらう〉ことは、必要がないということです。

たとえば、自分たちはこんなにも豊かに食糧のある国に生活しているのに、海の向うでは他国の人たちが飢餓に苦しんでいる。その映像をテレビでみている。人類は悲しい状況にあるではないか、彼の国に向ってなにか手をさしのべる方法はないのか、といった歌が、一時期、巷《ちまた》の歌に多くみられたのであります。この種の歌は、手ばやく言えば、作らないにこしたことはありません。歌の世界には不向きな材料でありま す。(なぜ不向きかは、社会詠について書いたときに、お話ししました。)

しかし、もし作るとすれば、どういうふうにすれば歌になるか。

今まで、説いてまいりましたことと関連づけて言えば、

◎　事柄ではなくて、感情を!

という注意を守ることでしょう。それも、一首の歌にあらわすことのできるのは、あ

の感情もこの感情も、というのではなくて、一つの感情――たとえば、一色のかなしみ、おかしさ、さびしさ、あるいはよろこびなのであります。

乳の中になかば沈みしくれなゐの苺《いちご》を見つつ食《く》はむとぞする　斎藤茂吉
わがこころしづまりがたし万有《あめつち》にわれ迫《せ》むるもの何かありつつ
飯《いひ》の恩いづこより来《く》る昼のあかき夜《よる》のくらきにありておもはむ

いずれも、斎藤茂吉の歌で、どれも、中年以降になって作られた歌であります。茂吉は、いうまでもなく、歌の名手でありますが、右のような歌は（大そう、いい歌ではありながら）苦心のあとのみえる歌であって、わたしどもの参考になります。

なぜこのような歌を引いたか、といえば、さきに例にあげた、アフリカ飢餓の歌とのかかわりからであります。遠い他国を、はるかに思いやるのも、時には必要でありましょうが、まずは、足元をみるのが大切です。つまり、わたしどもが毎日のようにマーケットの売場で眺めている食糧の豊富さを、なんでもないことのように見すごしてしまわないということであります。茂吉の歌の第一首目は、なるほど、食品が豊かで、飢餓の状態からは遠いなどということを言ってはいません。ひたすら、苺《いちご》のことをうたっています。うまそうな苺ミルク（今は、はやらないデザートのようですが、この歌は、戦前の歌）の歌であります。苺が「乳の中になかば沈」んでいるというところに、この歌の見どころ、作者の苦心したところがあるのでありますが、その点は、今回の話の焦点ではありません。なに一つ、よそごとを言わないで、ひたすら、目の前の、うまそうな苺をうたっていることを、ここでは強調したいのです。

第三首目は、多少、〈説明〉の要素が入っていまして、実例としては適切でないようにも見えましょうが、「飯の恩」といっていますから、関連して引いたのであります。わたしたちは、毎日、飲食していますが、このことについて「恩」というふうに考える考え方からは、遠いと思われます。「恩」とは、もう一歩ふみ込めば、なに故に自分たちの食糧は豊かで、遠い或る国々では貧困なのかという疑問につながってまいります。まさに、この対比対照は「いづこより来る」であります。そして、このことを「昼のあかき夜のくらきにありておも」っている人だけが、この疑問を作品化できるはずであります。しかし、この歌の場合も、現在の感情だけに注目している点では、苺ミルクの歌とかわりません。他人のことは言っていません。他国のことも言っていません。ただ、自分の受けている「飯の恩」について、うたっています。

第二首目は、すこしむつかしい歌であります。「わがこころしづまりがたし」と、まず、言っています。心が不安で、おちつかないといっているだけで、その理由は、ここまでのところでは、なにも説明していません。実は第三句へ行きますと「万有《あめつち》に」と、別のことが出てまいります。万有という字にアメツチとルビをふって訓《よ》ませているなどというところは、特殊でありますが、そういうところは、今は問題にしないでおきましょう。

「われ迫《せ》むるもの何かありつつ」。これはどういうことかというと、今の自分を「迫むる」つまり迫害する、おびやかしをもって迫ってくるものがある。しかし、それがなんであるのかはわからない。むしろ、なにものであるかわからないからこそ、「わがこころしづまりがたし」なのでありましょう。

そうしますと「万有に」というのはなんなのか。その「われ迫むるもの」が、存在している場所こそ「万有」だということですが、むろん、これは、はっきりとした場所の指定ではありませんで、言わんとするところは、かたちのない不安、理由のわからぬ乱れごころを訴えただけの歌であります。このような宇宙的な不安は、わたしたちを時として襲うものであること、ご承知のとおりであります。精神科医でもあった斎藤茂吉は、この種の不安についても知悉《ちしつ》していたものと思われます。

さて「散文の説明になっている」とか「お話が入っているからつまらない」という場合には、因果関係を示す二つの項目が、大てい一首の中に入っているようであります。Aであるから、Bであるといった時の、AとBの関係であります。定年退職は、しばしば歌の材料になって出て来ますが、回想の歌であることが多いのであります。その際も、(回想であればあるほど)大づかみに摑《つか》んで歌われることが多いのであります。これは、肉親の不幸などを扱った時もそうなりがちです。

「通俗的な解釈や意見は歌にならない」という点については、次回の話題にしたいのですが、とりあえず、定年退職を例にしますと、たとえば、退職の日に夫が出勤するのを、これが長い勤めの最後の日かと思って見送っていた、とか、帰ってくるのを待って厨《くりや》に立って食事の仕たくをしていた、といったたぐいの歌があります。たしかに、自分の現在の感情に忠実に、歌を作ろうとしますと、夫の定年退職を言いたくなるのであります。しかし、原則としては「定年退職」という言葉は、うかつに一首の中へ入れてはならないのです。同じく「亡夫死にて十幾年か」とかいう具合に、肉親の死を歌に入れるのも、よくないのであります。

そうするからこそ、定年退職物語になってしまいます。亡夫についてのお話になってしまいます。それが書きたいなら、随筆、小品、あるいは短篇小説としてまとめられればよいのです。短歌は、そういう物語に適した表現方法ではありません。

ほとんど一瞬間のうちに流れる感情をとらえるために適した詩型であります。むしろ、一瞬のうちに流れる感情には、濃淡はありましょう。強弱もありましょう。しかし、事柄や、因果物語ではなく、気分、気持ち、感情が主題なのであります。

それでも、どうしても夫の定年退職が言いたいのなら、一首の外へ、詞書《ことばがき》かタイトルとして出しておけばいいでしょう。それよりも、退職の日に夫が、ちょっとしたしぐさのうちに、いつもとちがうその日を感じさせたとすれば、そのしぐさを歌えばいいのです。あるいは、自分が、なんともいえずさびしかったとか、複雑な感慨にとらわれて涙ぐんだというのなら、そのことだけをうたえばいいのです。もっと、クールな感じをもって、その日を迎えたという場合もありましょう。もし、そのことが意外な感じで、自分でも、印象にのこったというのなら、そう歌えばいいのです。くれぐれも、その時、今日は夫の定年退職の日だとか、いよいよ辞《や》める日が来て、とかいった理由づけは、避けて下さい。

この難関を一つ突破しますと、短歌のたのしい機能が、わかってまいります。もう一つだけつけ加えます。因果関係を三十一文字にするのは意外にやさしかったはずで、一つの感情を、理窟《りくつ》抜き、説明抜きで三十一文字化するのは、大へんにむつかしいことなのです。

題材の選択について

次に特殊な題材をえらぶことについての注意です。

なんでも、歌のかたちで「説明する」というくせを、はやくやめるように、おすすめして来ました。このことは、もう一歩すすめていいますと、「説明する」ことの内容とかかわりがあります。

だれか他の人にむかって、自分の気持ちを《わかりやすく》説明する、という態度なのだろうとおもいます。この〈わかりやすく〉という気持ちが、くせものです。

初心の人の作品をあつめたパンフレットのたぐいから、(歌そのものを引くわけにはまいりませんので）大意を書いて、例示してみますと、たとえば、

「最近航空機の〈惨事〉があったが、そのあとで航空機にのって旅に出る子供に、無

事を祈って手をふっている」

という内容の歌があります。〈　〉に示したのは、作品の中に、この言葉があったという意味です。こういう内容のことを歌にしようとするとき、まず第一に、題材の選択からまちがっているのではないか、と疑問をもつことが大切です。

はっきりいうと、この内容は、短歌（一般に詩といってもいいのですが）にならないのです。しかし、はじめから、そうとはわからないことが多かろうとおもいます。自分が作ったことは、自分の体験から出ているにちがいない。しかし、あまりに《わかりやすく》説いているのではないか。この反省を習慣づける必要がありましょう。体験に対して、安直なこたえを出しすぎているのではないか。そう反省してみることです。

常識的で、ありきたりの心のうごきは、初心の人にとっては、歌にしにくい題材だとかんがえておいて、まず、まちがいがありません。

特殊な、ある意味で人に伝えにくいような体験。自分だけの味わっている感情。人生に二度も三度もありえないような体験。それをまず第一に、歌にしようとして下さい。

多くの人が、戦争体験や、幼児体験や、冠婚葬祭のような特殊な場面から、歌いはじめるのは、理にかなっています。そこには、ありきたりの、一般化されるような、平凡な要素が、はじめから少ないからです。

その時にも、どうか、通俗的な戦争理解であるとか、冠婚葬祭観にとらわれないようにする注意が必要です。

短歌は、特殊な場面において、自分だけの知っている場合に応じておのずから、その特殊な状況の詩として、生まれてくるものでなければなりません。

だから、従来、あなたの先生や指導者たちが、自分の身のまわりを見まわして、ありふれた日常的な事実から、短歌を作るようにすすめて来られたとすれば、（それも、中級、上級の段階についていえば、決してまちがいではないのですが）それは、はじめからおそろしくむつかしい要求をして来られたのです。おそらくあなたは、平凡で常識的な「お話」の歌しかできないだろうとおもいます。

それよりは、今までの人生の上で、あるいは最近の体験のなかで、いま苦しいほどに特殊な状況をえらんで、くりかえし、その時の感情をおもいおこしつつ、歌ってみるのがいいのです。

いつも、いつも、かわりばえのしない題材ばかりだ、とおもう必要はありません。わたしは、肉親を失った人が、そのことを十首ほどの歌にして、送稿してこられたのを見ました。大へんにいい歌が多かったので、「あなたは、しばらくのあいだ、この題材で、つくりつづけてごらんなさい」とおすすめしました。二、三度は続きましたが、そのうち、タネがつきてしまったのか、おのずと別の題材にかわって行かれましたが、平凡で、歌を作るよろこびの感じられぬものが大半でした。

こういう例をみると「実は、その人は平凡な歌しかできない人なのだ。それなのに、ある特別な体験（戦争とか挽歌《ばんか》とか相聞歌《そうもんか》とか）のときだけは、いい歌を作ったのだ。あれはマグレだったのだ」という人がいますが、事実は反対なのではないでしょうか。

その人は、その挽歌や戦争体験をうたうときにこそ、歌人だったわけです。それ以外のときは、作らなくてもよかったのです。三十一文字にまとめあげるぐらいは、だれでもできますから、一見すると歌のようにみえたのですが、それは形だけのもので、歌に魂が入っていなかったのです。

一つの特殊な題材を、くりかえしくりかえし、何か月も何年でも、作り続けていって一向にかまいません。そのうちに、ある展開が生ずるはずですが、そのことは、また別の話題になりましょう。

ここで、造語《ぞうご》の精神について考えてみましょう。

さきに、航空機に乗って旅に出る我が子を送る、初心の人の歌の大意を紹介しましたときに、〈惨事〉という用語に注意しました。

平凡で、ありきたりの内容には、かならずこの、常套句（型どおりの、ありふれた文句）が一役買っています。さきに利用した作品集を見ながら、すこし拾ってみましょうか。

〈そよ吹く風〉
〈うかうかとすごす〉
〈いそいそと食事の仕度をする〉
〈しみじみとおもう〉
〈もえさかる炎〉
〈ひんやりとした土蔵のなか〉
〈そこばくの悲しみが湧く〉

〈ありありとおもい出される〉
〈顔をのぞかせる〉

うかうか、とか、しみじみ、とかいう、いわゆる擬声語ふうの副詞句や形容詞が、多いのも特徴ですが、これらの言葉は、大体において、禁句であります。航空機〈惨事〉などという新聞用語も、そうであります。

もともとは、充分に力をもった、新鮮なことばだったのでしょうが、今は、もう、なんの力ももっていません。詩歌の世界ではこれらの死んだことばを使うのには、相当の用意がいるのです。

〈もえさかる炎〉とか〈顔をのぞかせる〉とか、〈無念の叫び〉とか〈比類ない知恵〉とかいった、既成のことばも、同様であります。

ここから、考えをすすめていきますと、ことばは、手造りが一番だということになるかも知れません。

造語ということばがあります。斎藤茂吉という近代の大歌人は、造語の点でも、すぐれた人だったという人があります。造語というのは、あたらしいことばを（多くは単語ですが）自分で作り出すのであります。

造り出すといっても、材料がないことには造るわけにはまいりません。今まで用いられて来た歌ことばから、合成したり、短縮したりして造るわけでありましょう。また、今では、死語としてかえりみられないような古典語を、現代に活かすというのも、広い意味では（その人の創意工夫のたまものですから）造語といっていいでしょう。たとえば、

おのが身をいとほしみつつ帰り来る夕細道《ゆふほそみち》に柿《かき》の花落つも　茂吉『赤光』

というときの、「夕細道」であります。一見なんでもないようですが、これは「ゆふべに細道に」ではありません。夕方の細い道のことを、一語に集約して「夕細道」といったのです。これは、正確にいって、茂吉の造語かどうかは、わかりませんが、あまり見かけないことばであることはたしかです。

かの岡に瘋癲院《ふうてんゐん》のたちたるは邪宗来より悲しかるらむ　茂吉『赤光』

こういう場合の「瘋癲院」（精神病院の意）とか「邪宗来」（キリシタンの渡来）といったことばは、つよく造語的です。今まであったことばを利用しながら、茂吉独特

のことばにしたて上げています。

造語に賭ける、といった意気込みさえそこには感じられます。

なにも、自分勝手なことばを作れとおすすめしているのではありませんから、誤解なさらぬように。わたしの言っているのは、そのくらい、自分に即したことばの使いかたをするのがいいということです。

造語などという手段は、よほど特別なことば感覚をもった、ある種の天才だけに許される放れわざであります。とても、誰にも出来ることではありません。

にもかかわらず、精神のもちかたとしては、そのくらいの態度を自分自身にも要求しておいていいと思うのです。

新聞やラジオ・テレビのニュース場面などで、ことしげく使われるような、紋切り型の表現は、あたうかぎり避けるようにして下さい。

なにかを言おうとするときに、まず第一にするすると出てくるような〈さめざめと泣く〉〈ふかぶかと頭を下げる〉〈一陽来復〉〈古稀を迎える〉〈一言多かりし〉〈つつがなき日日〉などなどといったことばは、できるかぎり歌から排除してみて下さい。

そうすると、それ以外のことばを見つけ出さなければならなくなります。おそらく、あなたは、困るだろうとおもいます。どんなに、わたしたちの日常用語が、あの、紋切り型の、ありふれたことばから助けられているかを知るはずです。

詩歌は、いわば、この紋切り型の日常語から断絶した世界なのです。手あかのついていない、自分だけのことばを探して歩く作業なのです。

まことに面倒ですが、そのためにこそ、たくさんの辞書があります。古典和歌以来近代短歌までの、多くの範例があります。その中から、くるしんで、ことばをつむぎ出すところに、歌を作ることのよろこびがあります。

このことは、また、現実の体験に対して、ありきたりのことばや観念を排除しながら、まっ正面から向き合うということにも通じます。

さきの例でいえば、空港へ行って、わが子の旅立ちを見送っている母親の、その空港における行動や、感情のうごきの、こまかいところ、特殊なところに、目を向ける機会が生ずるのです。最近の航空機事故のこととか、そうした余分のお話は抜きにして、〈惨事〉というような、紋切り型のことばは抜きにして、空港に立っている自分の姿を、かけがえのない人生の一瞬として、三十一文字に焼きつけようとするべきなのです。その時にはじめて、本当の歌が生まれます。

比喩について

くらべるという作り方も大切です。

短歌の作り方について話すとき、比喩《ひゆ》のことが、かならず出てまいります。たとえば、比喩は、詩歌の技巧の一種である、とか、また、比喩には、暗喩《あんゆ》と直喩《ちょくゆ》とがある、とか、いったぐあいであります。

たしかに、そういう歌は、たくさんありましょう。

湖水あふるるごとき音して隣室の青年が春夜髪あらひゐる　塚本邦雄
はなやかに轟《とどろ》くごとき夕焼《ゆふやけ》はしばらくすれば遠くなりたり　佐藤佐太郎

右の二つの歌には、どちらも「……ごとき」という言葉がでて来ます。これが、いうところの比喩であり、そのなかでも、直喩という方法なのでありますが、わたしたちがここで注意したいのは、そういう技巧の分類だとか、解説だとかいうのとは、ちがうことであります。

歌のなかへ、散文的なお話や説明を入れてはいけない、ということをくりかえし言って来ました。そう言う以上は、お話や説明ではないものを、どういうやり方で、歌のなかへ導入するか、を話さなければならないでしょう。その一つのやり方として、比喩(ひろく、これを考えて、一般に、なにかをなにか別のものやこととくらべる方法)があるのであります。

前回にも参考にした初心の人の投稿作品集を、ずっとよんで行きますと、比喩の歌がきわめてすくないというのに気がつきます。一生けんめいに、なにかある事柄をのべている歌があり、また、口をついて出たような言葉を、ごく気楽に、だらだらとならべて、三十一文字を埋めている歌があります。いずれも、印象がはっきりいたしません。

たまに出てくる比喩も、たとえば、「なにかに憑《つ》かれし如く」熱心に話をした、とか、冬の雀が「着ぶくれて」いるとか——このどちらも、比喩《ひゆ》にちがいないのですが、おそらく、作っていらっしゃる人自身、ほとんど意識することなく、使ったにちがいないような、ありきたりの表現が、ほとんどであります。型どおりの、言いふるされた、ありきたりの比喩は、これは、歌の核心になるわけにはいきません。

紋切り型の表現は、できるかぎり捨て去るように、と前に申しましたが、比喩についても、同じことであります。

絵にかいたように美しい。

火のように燃えるこころ。

春のようにあたたかい日。

こういった「ように」は「ごとく」と同じことですが、すべて、あまりにもありふれた表現でありまして、もはや、読むものの心をとらえることができません。

くりかえしになりますが、一首の歌は、そこにのべられている事柄の内容によって生きるのではありません。もし、事柄をのべるという点にこだわって言うならば、事柄そのものではなくて、その「のべ方」「表現の仕方」によって、生きるのであります。比喩は、この「のべ方」の一種であります。

そして、「のべ方」「表現の仕方」が、かがやかしく個性的であればあるほど、歌そのものの印象もつよくなり、かがやかしくなります。

さきにあげた塚本邦雄、佐藤佐太郎の例歌について考えてみましょうか。

塚本邦雄という、すぐれた現代歌人の歌は、ふつうの意味で、写実的な歌とはちがいます。体験から直接に出てくるような歌い方とはちがうわけでありますから、これをただちに、初心の人のお手本とはしがたいのでありますが、この例歌は、隣室の青年が「春夜」髪を洗っている音がきこえるというのでありまして、ここのところだけを参考にするつもりならば、だれにでもよくわかる歌といってよいでしょう。

実は、隣室の青年が、春の夜に髪を洗っている、という事柄が、なぜ歌われたのか、なぜ、歌の材料としてとりあげられたのか、という点も、大切なことでありますが、今回の話題からは外《そ》れますので、ここでは保留いたします。

そうしますと、ふと聞きとめた隣室の青年の洗髪する音、それが、この一首の内容でありまます。そして、「湖水あふるるごとき」音である、というところに、一首の核心があるようであります。もしも、この比喩（「……ごとき」）がありませんと、一首の印象は、格段に落ちてしまいます。

この例歌は、「……ごとき」の比喩表現だけでもっている歌ではありませんけれども、いずれにせよ、「湖水あふるるごとき」という、ゆたかで、はなやかな比喩が一首の大きな支えなのであります。この比喩は、一読してわかりやすい比喩であると同時に、個性的であり、ありふれてはいない比喩であります。

同じことは、佐藤佐太郎の例歌にも、いうことができます。この歌は、夕焼のいろが、時間の経過とともに、さめて行ったことを歌の内容にしています。それだけのことだったら、わたしたちは、（晴れた日なら）毎日のように見ている光景でしょう。素材としては、これくらい、ありふれた素材はないといっていいくらいです。（この点が、邦雄の例歌の、春夜髪を洗う隣室の青年という素材とちがっているところであります。）ありふれた素材を内容にする場合は、その「のべ方」に一切の工夫がかかってまいります。

夕焼が、ひととき「はなやかに轟くごとき」状態であった、といっています。本来、目で見たことをのべているのですから、いわば視覚上の印象であるはずであります。それを、「轟くごとき」という、耳できいたようなふうに言いあらわしています。

視覚上の印象を、聴覚上の印象語によってあらわしている。「はなやかに」は、言葉のうえでは、「轟く」にかかる副詞ですから、ここにも、聴覚の印象語を、「はなやか」という、視覚的なことばによって形容している、奇妙な逆転がみられます。このあたりは、微妙なうえに微妙な言葉のつかわれ方でありまして、こうした工夫が、一首の生命になっています。

これを読者の側から、とらえなおしてみますと、佐太郎のこの歌をあたまから読んでいくときに、いくたびか、意外な感じに打たれるはずであります。「はなやかに」と始まっていますから、「はなやかに」よそおうとか、「はなやかに」現実見える、とかいった言葉の展開を、だれしも期待するわけでしょう。ところが、現実には「はなやかに轟く……」となっています。ここが第一の意外点であります。

続いて「……ごとき」となっています。とどろくような、といえば、ふつうは、音とか声の形容です。たとえば、オヤジの怒声がとどろいた、というようなふうに。ところが、「はなやかに轟くごとき」につづいてやってくるのは「夕焼」という、これまた、きわめて視覚的な現象であります。ここに、第二の意外点があります。

ついでに言うと、「夕焼は……遠くなりたり」というのも、厳密にいえば、比喩的な表現であります。夕焼が、はじめ近くにあったのに、しばらくの時間ののちに、遠くなったというのは、作者の特殊な見方がもたらした比喩的な表現というべきでしょう。

比喩というのを、広い意味にとって、「くらべる」方法だ、といったのは、右のような、佐太郎の一首の下《しも》の句に含まれるような（陰喩《いんゆ》と、普通、いわれるような）表現法までを言おうとしたのであります。

『ことわざ大辞典』という本をひらいてみますと、わたしたちの日常の中に、比喩的な言葉が、いかに豊富に入りこんでいるかが、よくわかります。「立錐《りっすい》の余地もない」。これは「錐《きり》を立てるほどの場所すらない。人や物が密集して、わずかな空間もないさまのたとえ」とあります。「溜飲《りゅういん》が下《さ》がる」。これは「胸がすっきりする。不平不満が解消して気が晴れることをいう」とあります。だれでも知っている、これらの、ありきたりの比喩は、短歌には、まず、絶対といっていいくらい、入れてはならない紋切り型になってしまっていますが、はじめて使われたときは、切れあじのいい比喩だったはずです。

錐《きり》を立てるということ。あるいは、錐の先というもの。こういう、土地のひろさとは関係のなさそうな別のものをもって来て、なにかあるものやことをより適確に言いあらわす方法。これを一般的にいえば、Aという状態をいうのに、全く別のBという状態と並べて、両者を比べることによって、より明確に言おうとするのが、比喩であります。これは、今言ったように、わたしたちの日常語のなかにも、さまざまなかたちで、入って来ており、まことに便利な道具であります。

けれども、詩歌にもちいられるときの比喩は、日常語の比喩とはちがって、比べるときのくらべ方が、特殊であり、人の意表をつくところがあり、さきに佐太郎の一首にみたように、微妙な操作によって、読者の感受性を刺激していくのであります。読み手を、いささか、びっくりさせながら、読み手がびっくりすることをこころよいものとしてうけ入れるような、適切なやり方で、びっくりさせていく。AをBによってあらわすという根本の原理はかわっていませんが、詩歌の比喩は、第一に新鮮で、第二に個性的で、第三に適度の意外性をもっていなければ駄目なようであります。

それにしても、初心の人の作品集（何千という数の歌が入っています）に、生き生きとした比喩の歌が一首もないというのは、おどろくべきことのように思えました。一つの習作過程として、今日は一つ、比喩を中核に置いた歌を作ってみよう、といった作業が、ぜひとも必要なように思われて来ました。

それでは、どのようにすれば個性的で、新鮮な比喩を思いつくことができるのでしょうか。これは、もう、ひたすら、探求する以外ありません。辞書（大きい辞書の方がいいようです）をひらいて、連想をさかんにするのもいいでしょう。他人の歌集（とくに比喩にすぐれた歌人の歌集）をよみあさるのもいいでしょう。自分の持ちあわせの言葉だけからは、まず、出て来ないものと覚悟するのがいいと思われます。うたうべき現象に立ち向うとき、素手では、これを摑《つか》むことは無謀なことなのです。

読者を予想する

読者の大切さについて考えてみましょう。

わたしは、ごらんのように「短歌入門」を書いてきたわけですが、書きながら、どのような読者を予想しているかといえば、平素お会いすることの多い、初心の方々を予想しているのであります。あるいは、会うことはすくなくても、雑誌とか、新聞などの短歌欄において（紙の上で）出遭うことのある方々を、ひそかに、わが読者とかんがえて書いていています。

その人の生《な》ま原稿を前にして、わたしの考えを言う場合もそうでありますが、「どのような読者のために書いているのだろうか」という疑問が、いつも、わたしをなやましています。

すぐれた作品は、すぐれた読者の存在において生まれます。すぐれた読者とは、自分よりすくなくとも一歩、二歩先へ行っている歌仲間であります。あるいは、また、自分のうたいたいとおもうことを、充分に察してくれて、欠点を指摘してくれる人のことでありましょう。

すぐれた選者に向って投稿し、その批評をうけようとするのも、選者という読者を予想しつつ歌を作ることにほかならないのです。歌会というのが、各地で、随時ひらかれています。そうした会に歌を提出するのも、同じ意味であります。

すぐれた読者は、わたしたちを引っぱたきますし、前へ向って引っぱりますし、わたしたちの気にそまないことを言ったりします。すぐれた読者を周囲にもっているということは、なかなかつらいことでもあります。しかし、それに耐えて努力しているうちに、いつとはなしに、自分の歌が変っていくのを感じます。

ついでながら、一言申しそえるなら、わたしがこの「短歌入門」の読者として予想しているのも、向上心のある、今の自分の歌では満足していない読者であります。

短歌には、ひろい用途もありましょうから、ただ自分のかんがえを三十一文字にまとめてよろこんでいるというのも、一つの大きなたのしみであり、それはそれで結構だとおもいます。その範囲内のたのしみのためならば「短歌入門」書の必要は、ほとんどありません。小学校以来、あちこちで見ききして来た短歌の見よう見まねをすればいいのですから。「短歌入門」は、結局、「近代短歌入門」であります。「近代短歌」という、歴史的に形成され、価値づけられた作家作品たちを、まず、価値あるものとみとめて、それらの作品や作家についての理解を深めるのを目的としています。

そして、数ある近代歌人のうちのだれかに、自分の理想と目標を見出して、その人の作品に、すこしでも自分の作品を近づけようとするのであります。

わたしが、今まで説いて来た、「自然詠」の話も、「社会詠」のことも、すべて、「近代短歌」の歴史のなかで、おのずから価値づけられて来た作品を、頭におもいうかべながら書かれていました。読者が、お読みになりながら、もう一つもやもやとして、納得しにくかったとすれば、たぶん、その方のおもいうかべておられる実例と、わたしのそれとが、大きく違っていたからかも知れません。たとえば、

正岡子規→長塚節《たかし》、伊藤左千夫→島木赤彦、中村憲吉、斎藤茂吉、土屋文明、という一つの系列をかんがえてもいいのです。この系列は、師弟の関係でつながれています。おたがいに、相手が、自分にとって「すぐれた読者」でもあった関係であります。

節と左千夫、また、赤彦と憲吉と茂吉と文明は、それぞれ同門の友人であり、ライバルでもありました。こうした、作者＝読者の関係から、たくさんの秀歌が生まれました。作品を中心にして、短歌史を読むということは、この関係を知ることでもあります。

与謝《よさ》野寛《のひろし》→与謝野晶子→北原白秋、吉井勇、石川啄木、というもう一つの系列をたどってみることも、意義としては、先の子規系統をたどることと同じであります。「短歌入門」の本をみますと、大てい、どこかに、こうした「近代短歌史」の簡単な記載があります。まるで、つけたりのように書いてある本もあります。砂を噛《か》むような事実の記載でありますから、多くの方が、あそこを読みとばしてしまうわけであります。しかし、短歌史を事実の記載とは見ない読み方や書き方があっていいはずです。その一つの読み方が、作者＝読者という関係を軸にして、近代短歌の歴史をよむことではないかとおもわれます。

ここで、すこし近代短歌史にふれてみたいと思います。

短歌史の話は、作歌上に、すぐには役に立たないのではないか、という疑問もありましょうが、実は、そうではありません。

あなたが、この「短歌入門」をよみはじめると同時に、歌を作りはじめたと、かりにかんがえてみましょうか。そうすると、二年ちかいあいだ、月々たとえ十首でも二十首でも、歌を作って来られたはずです。総計して、二百とか、四百とかいった数の歌が、のこされたはずであります。

さて、どうだったでしょうか。一向に進歩しないとおかんがえでしょうか。それとも、だんだんと上達して来たとおかんがえでしょうか。

いろいろな機会に、自分の腕だめしをなさったはずです。新聞、雑誌類の投稿歌壇や、新人賞の応募や、新聞社などの主催する短歌大会への出詠や、いろいろあったでしょう。どの場合にも、みごとな成績をおさめられた人は、もはや、「短歌入門」書の必要はないようにも見えます。しかし、なかには、まぐれ当りというのもありますから警戒を要しましょう。

選者とか、選考委員とかいう人たちは、いわゆる「専門歌人」であります。それでは「専門歌人」とは、なにかといえば、一言でいえば、「近代短歌の歴史を知っている人」であります。かれら選者の人たち、いわゆる「専門歌人」には、作品の高下を判断する基準があります。その基準とは、近代短歌が、約百年のあいだに築いて来た価値基準であります。

さきほどの例でいえば、子規にはじまって文明におわるような写実派系の価値基準があります。寛や晶子にはじまって白秋にいたる浪漫派系の価値基準があります。また、これ以外にも、自然主義の系列があります。窪田《くぼた》空穂《うつぼ》、土岐《とき》善麿《ぜんまろ》、(石川啄木)、若山牧水、前田《まえだ》夕暮《ゆうぐれ》といった作家たちであります。どの系列にも、作品の継走という事実があり、お互いの系列が、同時代に共存していたのですから、お互いの影響というのも無視できません。

初心の方が、もしもだれか先生について学びはじめられたとすれば、その先生は、たぶん、近代短歌の歴史の、どこかの系列につながる人だったはずです。そこで教えられたり指導されたりした作品の作り方には、一定の型があったはずです。また、批評の基準についても、言わず語らずのうちに、一つのパターンがあったはずであります。

そのパターン、一定の型。あれが「近代短歌史」の現実のあらわれだったのです。

はじめは、五里霧中でやってきたのですが、いずれ、あなたは、「近代短歌史」の常識に気がつかないではいられません。

自分の作る歌が、どうも自分の知らない価値基準に照らしあわせて点数をつけられ、選別されているらしい、と気がつくことは、愉快ではありますまい。「なんだ、専門歌人のいうことは、自分たちのかんがえとちがうじゃないか。」「先生のいいと言う作品の価値がわかりません。」こういった声は、いろいろな機会に耳にしました。わたしは、ほとんど、答えるすべを失っています。

なぜなら、それこそ、この話をするためには「近代短歌史」を、順序よく、説かなければならないからです。すくなくとも、自分の準拠している批判基準については、短歌史上の実例をあげながら、説明しなければならないでしょう。説明したところで、充分に納得してもらうためには、ゆったりと時間をかける必要があるので、一朝一夕にはいきません。

たとえばの話ですが、近藤芳美《こんどうよしみ》とか塚本邦雄とかいった現代歌人がいますが、この人たちの代表作をあげて、それがなぜ、いい歌なのか、現代の短歌の歴史において画期的な作品であったかを説明するのは——とくに初心の人に解説して、納得してもらうには、かなり面倒な手続きがいるように思います。

けれども、これこそ作歌上注意しなければならない大問題なのでありますが、「近代短歌史」の常識は、これは、作歌経験がある段階に達したときには、必須課目であります。初級の短歌という言葉を、もし使うとするなら、初級の短歌の最終講義は、この「近代短歌史」であります。

かならずしも、時代の流れにそって、順序よく学ぶ必要はないかも知れません。むしろ、自分のはじめについた先生の価値基準を探るという目的で、ごく実戦的、実地的に、一つの系列について読みすすめるというのが、いいのかも知れません。わたしたちも、結局、そういう過程をへて来たのですから。

読むことが作ることである、というようなことを前に言ったことがあります。ぼう大な近代短歌を、すこしずつ読みかじっていると、自分でも不思議なくらい、考えてもいなかった想いが触発されて来て、歌ができてくることもあります。

なによりもよいことは、自分の今作った歌が、明治・大正のころに、すでに、もっと上手に作られてしまっていることがわかることです。自分の作品の客観的な姿といいますか、相対的な価値といいますか、それがわかって来ます。

作品には、その人だけのもっている個性がなければなりませんし、その時代における新しさがなければならないのですが、どのような歌が個性的なのか、新しいのかということも、そうした「近代短歌史」の作品群が、だんだんとおしえてくれるはずです。

この必須課目をクリアいたしますと、いよいよ、次の段階が見えて来ます。必須課目のクリアといいましたが、この課目の完成は、一生かかってすることでありまして、長い時間をかけて、ぼつりぼつりと読んでいくのです。そして、作りつつ読むわけでありますやがて、その批評基準とか、近代の作品に、あきたらなくなれば「現代短歌」が、あなたを待っています。

結社と歌会

さて、わたしの話も、いよいよ終わりに近づきました。最近の体験から、いくつかの事項を補足して、初級篇をしめくくりたいとおもいます。初級篇といいましても、中級、上級などとのあいだに、「ここから先が中級だよ」といった垣根があるわけではありません。ただ、今まで書いて来たことは、現代短歌の基本であり、常識であるというまでのことです。

基本であり常識であるとは、つねにそこへ帰っていく母郷のような場所だと考えてもいいでしょう。人は、かならず、そういう場所を持っています。また、持たずには生きられないとおもいます。

短歌の場合でいうと〈結社《けっしゃ》〉という存在がありますが、どうも、はじめに入会した

〈結社〉は、その人の歌の行程に、大きな影響を与えるようであります。〈結社〉と〈へ〉でくくりましたのは、これが、かなり特殊な場所だということを言いたいためです。

〈結社〉雑誌は、同人《どうじん》雑誌と、まず、区別されているようです。

あなたが、仲間うちの数人と一しょに、歌を作り合っているうちに、一つ雑誌かパンフレットを出してみようではないか、ということになったとすれば、それは同人雑誌とか、同好会雑誌ということになりましょう。

志を高くもって、同人同士のあいだできびしく批評し合い、お互いの作品を向上させようとするとか、あるいはまた、歌壇の新人賞を目ざして研鑽《けんさん》し合うとか、そういう会合であります。

もし、そういう会合に、年齢の上でも力倆《りきりょう》の上でも歌歴の上でも一段とぬきんでた人物がいたりしますと、おのずから、その人物が指導者になり中心人物化するわけであります。〈結社〉の原初のかたちというのは、たぶん、そういう中心人物を生み出すあたりにあるのでしょう。

これはみなさんの所属しておられるかも知れない趣味同好の、気らくなサロンの場合でも、本質的には同じことであります。

一回こっきりの会合であれば、一つのたのしい（あるいは不快な）思い出としてのこっていくだけでありましょうが、毎月一回とか毎週一回とか、（はげしい時は毎日とか）あつまって歌の会（作歌《さっか》の会よりも、批評の会が、このごろは多いようであります）をしていますと、やはり、自然に、実力のある人・批評力のある人が、中心になって会がすすみます。この段階までなら、まだ〈結社〉とは呼べないでしょう。なぜなら、はっきりとした指導的人物の存在が〈結社〉に不可欠だからであります。それから、作品の発表機関としての雑誌の存在も、また、〈結社〉に不可欠の条件です。

歌を作って、いざ、発表しようとする場合、むろん、歌の会のうわさをきいて、出席しそこへ作品を提示してもいいのです。無記名（作者名を伏せておくこと）であったり、記名したり、いろいろですが、手書き複写されたり、ワープロ書きの複写であったりされた歌が出詠者の数だけ並んで、皆にくばられます。これも、自分の作品を公表する一つの場合であります。

しかも、（後になってわかるのですが）はじめて出席した歌（評）会というのは、かなり大事な機会なのであります。自分一人だけで作っていたあいだにはわからなかったことが、一気にわかってしまうこともあります。

第一に、他人の歌について、なにごとかを言わなければならない、という苦痛を味わいます。いいもわるいもわからないし、いいわるいの判定基準を知りたいとおもって出席したのに、いきなり知らない人（司会者）から当てられて、「次の一首について感想をのべよ」と言われる。まるで、テストではないか。「あなたの思ったとおりをおっしゃればいいのですよ」とやさしく言われても、頭へ血がのぼってしまって、歌の解釈さえままならないわけであります。

解釈はわかっても、一体、下手なのか上手なのか、さっぱりわかりません。しどろもどろのうちに時間が経っていきます。

わたしの学生時代、今から四十年も前のことでありますが、小説を書いていた友人をさそって、ある歌会に出たことがあります。友人は、気鋭の批評家ぶりを平素ほこっていたのですが、歌会の時は、一言も発せず、大人たちのかもし出す歌評の雰囲気にひたるようにしていましたが、のちになって、「あのなれ合いの批評ぶりはなんだい」と、あきれるように言っていました。

なれ合いの批評。歌会にはじめて出た時に感ずるのは、自分以外の人達がお互いによく知っていて、一見率直さを欠いた社交辞令をもちいて、批評し合っているという印象であります。わたしの若い友人が、反撥《はんぱつ》したのは、そのなれ合い批評の空気に対してだったのだとおもわれます。

だから、はじめて出席した歌会の席上で、自分の歌を批評された場合には、軽い失望を味わうことが多いのです。

もっとはっきり欠点を指摘してもらった方がよかった、という声をききます。この声は、うらがえせば、もう一歩も二歩も踏み込んで、理解してほしかったという意味でもあります。歌一首を解釈したり理解したりするにも、それなりの条件が必要なのです。

その一つは、作者に対する関心のもち方にありましょう。相手を知ることが、理解を変えます。(かならずしも、正しく理解する方向へ行くとはかぎりませんが。)二つには、作品鑑賞の技術でしょう。短歌をたくさん読みなれているかどうかでしょう。第三には、歌会という談論の場における説得術にかかわることです。

歌会は、仇敵《きゅうてき》があつまって喧嘩をする場ではなく、同好の人たちがつくっているサロンであり「座」でありますから、その場の雰囲気でありますとか、作品以前の人間関係に左右されつつ、表面は、穏当にみえる批評・感想がつづくのであります。

とくに、その「座」に中心人物がいない場合は、結論の出ないまま、評価のわかれたまま、会が終って行きます。

反対に、中心人物や指導者がいる場合には、参加した人たちの自由な発言は、どうしてもおさえられがちになります。自分の歌について、だれか一人二人、中堅クラスらしい人の批評があって、ほめられたようでもあり、けなされたようでもある、と夢をみるような気分で聴いているうちに、およそ自分の考えていたのとは違う歌の解釈がまかり通ってしまいます。

そして、最後に、指導者の批評があって、それでおしまいであります。作者としてはいろいろ話したい、たずねたいことがありましても、その時間が与えられません。たとえ、時間や機会が与えられましても、歌会特有の、あの社交術（わるい意味でばかりいうつもりはありません）を身につけていませんと、なかなか、言いたいことも言いにくいわけであります。

わたしは、歌会を例にあげて、〈結社〉というものの今ある姿についてのべて来ました。かつては、〈結社〉に加わり、そこで歌の勉強をし、すぐれた友人や知己を得、また、立派な先生に師事するという形で、歌を知って行く人が多かったのであります。現在は、そこのところが、大きくかわって来ているように思われます。

その変化のありさまを見ますと、〈結社〉の中心人物の指導力といいますか、指南力といいますか、その存在感が、とみにうすれて来ているように思われます。その理由には、いくつかのことが考えられますが、それはここではふれる必要はないでしょう。

いずれにせよ、強烈な個性と、卓越した作品と、一貫した堅固な短歌観をもって、人々に影響を与えるような歌人が、ほとんどいなくなって来ました。従って、どこの〈結社〉へ入りましても、似たりよったりの感じがつよくなって来ました。人と人とのかかわりがうすくなって来ました。

歌壇における虚名のようなもの、社会的に認知された有名度といったもの、そうした空虚なものを背景にして、擬似的な〈結社〉が形成されています。よらば大樹のかげといった心理にも、肯定すべき理はあるのであり、それが本当に、枝も葉も繁った大樹でありさえすれば、信頼も安心もできるのですが、そんな理想的な大樹は、ほとんどみあたらなくなっています。

みなさんが〈結社〉に入ってみて失望してやめたとか、あるいは、どこかの〈結社〉に入ろうとおもうがためらっている、とかおっしゃるときには、いろいろと事情や理由がありましょう。わたしがここに述べて来たようなことは全くご存じないままに、〈結社〉ぎらい、歌会嫌いになっている方も大ぜいいらっしゃるでしょう。

しかし、わたしは、相談をうけると、いつも答えることにしています。〈結社〉を選んで、一度は、入ってみたらどうですか、と。歌会は、〈結社〉の歌会だけでなく、〈結社〉とは関係のない短歌大会のような行事もたくさんおこなわれています。できれば一度、そうした会でよろしいから、自分の作品を公の場で他人の批評の眼にさらしてみてはどうでしょうか。その時、歌壇やジャーナリズムの虚名を一応信ずるフリをして、名の通った歌人の批評も一度はきいてみてはいかがでしょう。そうおすすめしています。

この世に理想郷のないように、理想的な〈結社〉はどこにもありません。また、歌会も、なん度もなん度も出ていませんと、その場で演ぜられる批評のドラマのルールがわかってまいりません。

〈結社〉に入って、現代の歌壇の骨組みをつくっているものがなんであるのか、わかったとき、同志をあつめて、理想の同人雑誌つくりへと向って行ってもいいでしょう。

作歌の母郷という言葉を、はじめに使いました。自分がはじめて入った〈結社〉の、はじめて参加した歌会。その時の批評の言葉や、人々のしぐさや、会の雰囲気は、意外にいつまでもおぼえているものであります。

母郷はそこへ帰って行くべき場所であり、そこに自分の初心の置いてある場所でもありますが、冷たく言えば、二度と同じところへはかえれないのが現実でもあります。

部外者からは、なれ合いの社交場のように見られながら、意外にそこに切迫した人間劇が生起している場所でもあるのであります。

そうしたことを知るためにも、この関門はくぐりぬけておいた方がいいように、わたしは思っています。

飛躍のための一章

順序をかんがえないままに、思いついたことを書きつらねて、みなさんの参考に供します。

① 短歌はみじかいのだ

短歌は、三十一文字しかありませんから、ふつうの文章表現でありますとか、手紙文とか、論文とか長詩(自由詩)とかにくらべて、大へんみじかいのです。

ひとよ、そびえたつその山がいかに険《けわ》しかろうと
燃えるおまえの熱情がめざしたからには

おそれてはならない、不可能の
黄金《おうごん》の馬をのりつぶすことなど。

これは渡辺一民《わたなべかずたみ》訳の訳詩「不可能」(エミール・ヴェルハーレン)の第一節でありま す。

かぞえてみますと、「ひとよ」から「険しかろうと」までの第一行だけで二十三音《おん》(つまり、仮名になおして一字一音とかぞえた音数)。第二行目の「燃える」から「からには」までで二十一音。この二行だけで優《ゆう》に三十一文字をこえてしまいます。ということは、三十一音の詩を書くときには、ヴェルハーレンのようには書けないし、書いてはならないということです。

ヴェルハーレンの「不可能」という詩は、四行ずつが一かたまりになって、(これをかりに一節とよぶなら)八節、三十二行からできています。さきに掲げましたのは、その第一節にすぎません。この詩人は、自分の思いをのべるのに、(われわれ歌を作るものから見れば)なんと、たくさんの言葉を用いるものか、とおどろかされます。第二節も、ついでに引用しておきましょうか。

のぼれ、そのさきをよりたかく、山腹《さんぷく》の泉をこえて
　つつましいおまえの理性がさきんじて
　おしとどめようとしたにせよ、
　歓《よろこ》びはすべて飛躍のうちにある！

短歌で言える部分をかんがえてみましょう。たかだか、「おそれてはならない、不可能の黄金の馬をのりつぶすことなど」であります。第一節の終り二行分であります。偶然ですが、三十一音になっています。（音数の配分としては、九・五・八・九でありまして、短歌の五・七・五・七・七とはまったくちがいますが。）第二節では最終行の「歓びはすべて飛躍のうちにある！」が、ちょうど十七音。俳句とおなじ音数になります。

もう一つ、ここで気がつくことがあります。ヴェルハーレンの詩でみますと、第一節四行のうち「そびえたつその山が……」とか「燃えるおまえの……」とかの詩行は「険しかろうと」「からには」のように条件を呈示した文体になっています。「もしも

……であろうと」「……したのであるから」こういう理詰めの、論理的な、文体になっています。短歌では、ここの部分は、いらないのであります。

みなさんが歌を作って批評をうける場合、ここは「説明」だからいらない、とか、「散文になっている」とかいわれるのは、たぶん、ヴェルハーレンの「不可能」という詩でいうと、第一行第二行あたりを、無理やりに三十一文字に入れようとしたためでしょう。

「そこまでいわなければ、だれもわかってくれないのではないか知ら」などと、心配する必要はありません。因果関係とか、理由の説明は一切抜きにして、一つのことを――たとえば「不可能の黄金の馬をのりつぶすことを怖れるな」という一つことだけを、一首の姿にしたて上げる。「よろこびはすべて飛躍のうちにある」とだけ言う。(のこった字数は、理由づけと関わりのない、言葉で埋めてしまう。)それが、歌の作り方だといえます。

② 性質のちがうものを結びつける

一とおり、歌のかたちをととのえることをおぼえて、歌らしい歌が作れるようになり、ほっとしていますと、次の問題がおきてくるようであります。

歌評の会とか、添削指導者の論評とか、いう場面で「平凡である」「ありきたりの表現である」「よくわかる歌だが、なにかが足りない」こんなことを言われるようになります。

この段階に入りますと、「入門」「初級」といいましても、かなりのところまで来たといっていいのであります。すくなくとも、手さぐりで、ここまで登って来た。どうか自分自身を、まず賛《ほ》めてやって、励ましの言葉を自分にかけてみて下さい。だれもきいてはいないのだし、だれの迷惑にもなりはしませんから、最大限の賛辞を捧げてかまいません。

「わたしは、短歌がなにであり、歌を作るにはどうすればいいかその方法はどうであるなんてことは、なにも知らないままにやって来た。そのわりには、がんばったものだとおもう。なにしろ、一首の歌をつくるのに指折りかぞえて三十一音なんぞということはしなくなった。他人がよんでくれて、なにがなにやらさっぱりわからない、などとは言われなくなった。これは、意外に自分の内部に眠っていた才能を掘りおこしたのかも知れない。自分はひょっとすると、短歌向きの人間なのかも知れない。短い期間に、よくぞここまで来た。これは、多くの人のおかげかも知れないが、また、考えようによっては天分にめぐまれたのだ。いや、自分には天分があるのだ。そうなのだ。」

自己慰撫《いぶ》。自己励起《れいき》。人生途上、時々、そう言いきかせるのは大切だとおもいます。

さて、この段階に入りますと、「平凡だ」「通俗だ」「今一つものたりない」といった、批評に悩むことになるわけで、なぜ、そういわれるのか、とんとわからないのですから、悩みは深いのであります。

批評用語の「平凡」「通俗」「もの足りない」は、すべて、比較の上に立って出て来た言葉だと理解なさって下さい。

すなわち、だれかの非凡な作品にくらべると、あなたのこの一首は平凡なのです。だれかの高雅な作品にくらべると通俗なのであり、名歌秀作の完璧《かんぺき》さにくらべれば、今一《いまいち》、もの足りないのであります。

ですから、あなたの頭の中に、相手の批評者のおもいうかべているであろうような「非凡な作品」「高雅にして、通俗人情を超絶した作品」「名歌秀作」が、うかんでいないとすれば、話は通じません。あなたには、相手のいう批評が、いたずらな貶《おと》しめのことばに見えるだけであります。

ここで考えるべきことが二つあります。第一は、この「短歌入門」の先行する章でいいましたように、現代の短歌がどのあたりのところまで到達しているのかを知ることであります。そのためには、狭く限っても近代の短歌の歴史または、近代の代表的な歌人の代表的な作品にじっくりととり組むことであります。このことは、一見、作歌の道としては回り道にみえますが、けっしてそうではありません。戦後短歌四十年の歴史にふれるだけでも結構ですし手引書となる本も、いくつかあります。

　しかし、第一の道は、なかなか骨の折れる長い道であります。てっとり早い方法は別にないものだろうか、という人には、「性質のちがうものを、あなたの歌の中で、結びつけてごらんなさい」ということにしています。それはどういうことか。

　一応、歌の形をととのえることをおぼえますと、三十一文字をつかって、なだらかに一つのことを、一つの色に染めていってしまうようになります。「秋の夕ぐれに木の葉がはらはらと散ってさびしい」というようなぐあいであります。「死にぎわの母の手をにぎって涙をながした」といったことであります。

　秋。夕ぐれ。散る木の葉。さびしさ。

母。母の死。死にぎわ。手を握る。涙。

この一連のことばは、すべて一つの色に統一されています。つまり性質のよく似たことばといってもよいでしょう。よく似たイメージを、ひっぱり出すようなキイ・ワードといってもいいでしょう。だからこそ、平凡になり通俗になり、ありきたりの印象を与えるのだとおもいます。もしも、ここへ、性質のまったくちがう言葉をもち込んでごらんなさい。たちまち別の状景があらわれます。その際、結びつけられるべき、別の性質の言葉は、みじかい言葉でよろしいのです。別の性質の言葉を入れて、今までの歌を書きかえるためには、今まで歌に入っていた言葉を、いくつかとり除かねばならないでしょう。

植物に関する言葉ばかりの歌には、動物を入れてやる。人間や人情の世界の歌には、植物や家具や風景を入れてやる。今年の秋をうたうなら、去年の秋を対照にもってくる。

そうした、ちょっとした小道具の入れかえにコツがあります。そのとき、なるべく性質の異なるものをもってくるのが、平凡さ通俗さを脱する第一歩のようであります。

「諸君が朝ホテルにゐるとする。そして呼鈴を鳴らし、『茶』といふ言葉を口にしたとする。すると数分後には、茶碗や、茶托や、匙《さじ》や、パンや、ミルクや、ジャムや、茶壺や、湯などが、まるで奇蹟のやうに面前に置かれるのである。」（『私の生活技術』モーロア・内藤濯《ないとうあろう》訳）

「茶」という言葉は、こんにちでは、スナック喫茶で「モーニング」と一言言ったと翻案してみてもいいでしょう。あるいはホテルで、「和定食」と言った、と仮定してもいいでしょう。たった一語といえども、言葉は、大へんな物どもを呼び出します。その物どもの背後には、茶を栽培する人、摘んだ葉を運ぶ船、船長と乗組員、牛のむれを牧する牧牛者、乳をしぼる男、牛乳を運ぶ車、パン粉をこねる人、マーマレードのためのオレンジ畑の労働者、世界と自国のたくさんの人の種々の労働と行動が「茶」という語の背後に、ひかえているのだとモーロアは言っています。

三十一文字のなかへ、ただ一つの言葉をもち込むときにも、このような言葉の非常な力のことを思って下さい。「言葉ひとつから生み出される結果を考へるとき、言葉づかひを一つの魔力だと見なしたらしい原始民族の心が察せられる。」（モーロア）このことを思うとき、性質のちがう二つ（あるいは三つ）のものを、短歌一首のなかで結びつける作業というのは、魔と魔とを、引きあわせるようなものだとも思えるのであります。

さて、いよいよ初級篇のおわりまで来ました。ヴェルハーレンの「不可能」の第七節を引いて、あなたと（そしてわたし自身をも）はげましてみたいと思います。

飛躍のうちに、つねにおのれをのりこえねばならぬ、
おまえ自身のおどろきとなれ、
神々に救いをもとめず毅然《きぜん》として
おまえの額《ひたい》を陶酔からまもりぬけ。

あとがき

短歌をつくるコツのようなものがあるにちがいないとおもって来ました。自分で作ってみて、ある時にはうまくゆき、また別の時には失敗する。ことの成否を分けるのは、どこなのだろう、と思って来ました。その分水嶺の存在について、書いてみたいと思ったのです。

項目を、はじめからきちっと立てて、体系的に書いたのではありませんから、短歌の概論としては、首尾結構ととのってはいません。そのかわり、どこからでも、入って行ける利点はありましょう。

カルチュア・センターで講義したり実作指導したりする機会は、このごろ多いのですが、その時でも、わたしは、あまり型にはまった教え方はしません。自分自身、ぶつかっている問題をのべて、たのしく、いっしょに考えるかたちをとっています。だから、案に相違して、いい結論が出なかったり、うまい改作ができなかったりして、頭を掻いたりしています。そして、それが現実というものだろうと思っているのです。

この本は、月刊の雑誌「短歌」に連載したものをあつめたので、この二年ほどの短歌界の歩みを、反映しているところがあります。わたし自身の考えの推移も、ここには映されています。

「自然詠」とか「社会詠」とかいった、すこし無理な（短歌界独特の）用語を、そのまま用いて書きました。こうした用語にはやりすたりがありますから、そのうちに、だれにもわからなくなってしまうかも知れません。しかし、それは惜しいと思うのです。あえて、それを項目の中に加えたのは、近代短歌の遺産に対する愛惜の気持ちによるといっていいかと思います。

この本をおよみになって、「ここのところがわからない」「ここのところを、もう一歩ふみ込んで書いてほしい」などなど、お感じになったら、ぜひ著者まで、おっしゃって下さい。

「短歌」編集部の今秀己さん、ならびにこの本を作るのに力をお貸し下さった角川書店の皆さんに感謝申し上げます。

一九八七年九月　　岡井　隆

文庫版のためのあとがき

わたしには、この本の外に入門書がいくつかあります。

『新編現代短歌入門』（一九七四年　大和書房）は、わたしが三十代のはじめに、「短歌」（角川書店）に二年間連載したものを、後になって編集、出版したものです。講談社学術文庫に入ったことがありますが、いずれも絶版になっています。

『岡井隆の短歌塾　入門編』（一九八四年　六法出版社）は、豊橋のＮＨＫ文化センター や中日文化センター、朝日カルチャーセンター（名古屋の柳橋教室）での講義をもとにして、わかりやすく書いたもので、版を重ねましたが、今では入手しにくいでしょう。

『現代短歌読みかた作りかた　中級編』（一九九一年　六法出版社）は、いわば『今はじめる人のための短歌入門』の続篇であって、箇別のテーマについて、もう一歩奥に入って説いたものです。これは「短歌」に三年間連載されたものを基に編みました。この本も、今では入手しにくいでしょう。

わたしは、たとえそれが入門書であっても（あるいは、入門書であればあるほど）その著者がなにものなのか、その人はどのような歌を作っているかを知ることが、その本を理解するのに大事だと思っています。だから、わたしの希望としては、この本の読者には、わたしの作品を読んでほしいとひそかに思っています。わたしの歌集は、大部のものでは、『岡井隆全歌集』がⅠ、Ⅱ、Ⅲ、Ⅳの四巻本として、二〇〇六年に完結（思潮社）。『岡井隆歌集』（現代歌人文庫、一九七七年　国文社）『岡井隆歌集』（短歌研究文庫、一九八二年　短歌研究社）『岡井隆歌集』（現代短歌文庫、一九九五年　砂子屋書房）が入手しやすいでしょう。

なお『現代の短歌』（講談社学術文庫）などの各種アンソロジーにも入っています。自伝風の経歴、歌歴を書いたものとしては『瞬間を永遠とするこころざし』（二〇〇九年　日本経済新聞出版社）は、日本経済新聞朝刊に書いた「私の履歴書」を基にして編んだものです。

また『私の戦後短歌史』（二〇〇九年　角川書店）は小高賢氏を聞き手として話した履歴をまとめたもので読みやすいと思います。

二〇一一年八月

岡井　隆

本書は、一九八八年一月に刊行された角川選書を加筆・訂正し、文庫化したものです。

今《いま》はじめる人《ひと》のための短歌入門《たんかにゅうもん》

岡井隆《おかいたかし》

角川文庫 17043

平成二十三年九月二十五日　初版発行

発行者―山下直久
発行所―株式会社角川学芸出版
東京都千代田区富士見二―十三―三
電話・編集（〇三）五二一五―七八一五
〒一〇二―〇〇七一
発売元―株式会社角川グループパブリッシング
東京都千代田区富士見二―十三―三
電話・営業（〇三）三二三八―八五二一
〒一〇二―八一七七
http://www.kadokawa.co.jp
印刷所―旭印刷　製本所―BBC
装幀者―杉浦康平

本書の無断複写・複製・転載を禁じます。
落丁・乱丁本は角川グループ受注センター読者係にお送りください。送料は小社負担でお取り替えいたします。

定価はカバーに明記してあります。

©Takashi OKAI 1988, 2011　Printed in Japan

SP　D-130-1　ISBN978-4-04-405402-1　C0195